久留島武彦評伝

－日本のアンデルセンと呼ばれた男－

金 成妍

求龍堂

装幀　神田宇樹

大分県玖珠町旧久留島氏庭園（国指定名勝）内の童話碑

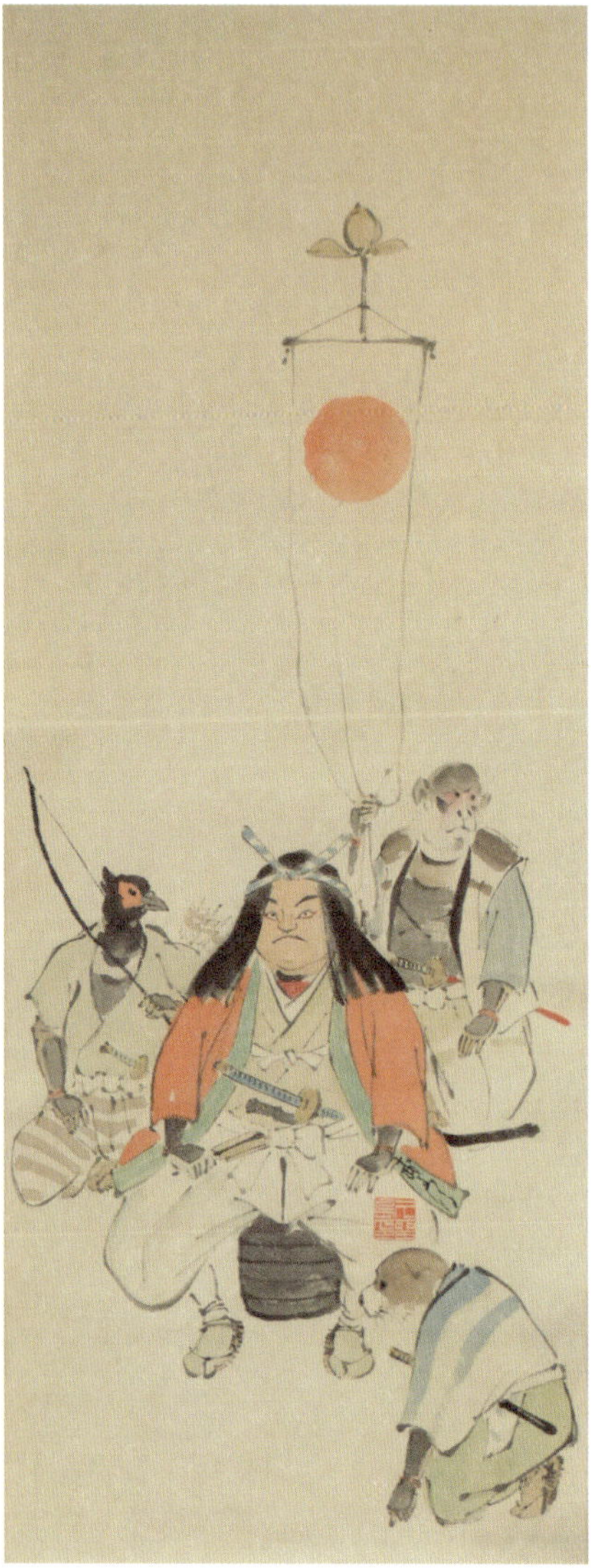

武彦自画、桃太郎
縦 94cm　横 33cm

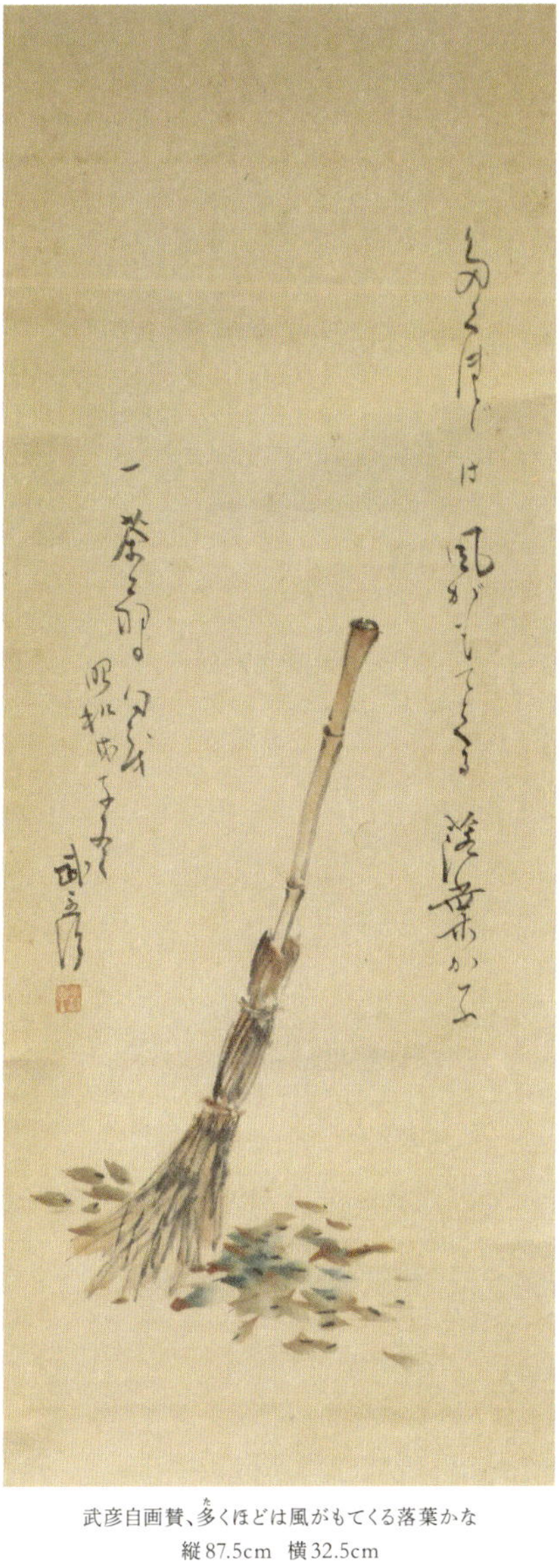

武彦自画賛、多《た》くほどは風がもてくる落葉かな
縦 87.5cm　横 32.5cm

早蕨幼稚園の卒業アルバム

アンデルゼン童話百年祭　プログラム

久留島武彦著作単行本30冊

デンマークで撮影　大正13年、武彦50歳

久留島武彦評伝

－日本のアンデルセンと呼ばれた男－

金 成妍

目　次

はじめに

韓国人の私が「久留島武彦」という名を知ったのは、十二年前のことです。当時通っていた九州大学の正門前で、恩師が亡くなる三日前に手渡してくださった本が、久留島武彦の追悼集でした。亡き恩師からの最後の宿題だと思い、ひたすら「久留島武彦」について調べて来ました。

久留島武彦は「日本のアンデルセン」と呼ばれ、明治・大正・昭和の三代にわたって、「信じ合うこと」、「助け合うこと」、「違いを認め合うこと」など、人が人として共に生きていく上で必要な教えを、楽しいお話にのせて子どもたちに語り聞かせた教育者です。

武彦は明治七年、村上水軍の一族である久留島家に生まれました。生まれ育った大分県玖珠《くす》町は自然豊かなところで、子どもの頃は牧畜業を夢見る少年でした。中学の時、地方の学校としては珍しくアメリカから英語の教師として招来されたサミュエル・ヘイマン・ウェンライト氏に出会い、英語やキリスト教を学んでいくなかで自分の夢を伝えると、「牛や馬ではなく、人間を育てる人になってください」と教えられ、児童教育を目指すことになります。

その後、「本を買うのはお金がかかる、話なら、石段でも、山でも、海辺でも子どものいるところなら、どこでも、いつでもできる」と考え、口で童話を語り聞かせる「口演童話」を通した児童教育を試みました。明治三十六年、東京で日本初となる口演童話会を開催し、全国を回って口演童話活動を展開していきます。「子どもたちにとってお話は、遊びの道具ではない。彼らが置かれた環境を解釈し、共鳴し、思索、研究するための真剣勝負の材料である」と考えた武彦は、童話を子どもの人格向上の一つの方途としてとらえたのです。

口演童話活動を行う一方で、専門児童劇団を日本で初めて結成し、児童演劇の普及にも貢献しました。また桃太郎主義（相頼り相助けていく共同共生の精神）のもと、情操教育に重点をおいた早蕨幼稚園を開園し、三十五年間幼児教育に従事しました。精力的に海外の視察に行き見聞を広げた武彦は、日本にボーイスカウトを紹介し、日本ボーイスカウトの基盤作りにも尽力しました。デンマークに行った時はアンデルセンの復権を呼びかけ、アンデルセン博物館が建設されるきっかけとなり、日本で初めてアンデルセン記念祭を開催し、デンマーク国王から文化勲章を受章しました。

武彦はお話を頼まれればどんな所へでも出かけて行きました。馬の背にまたがり、自転車のペダルを踏み、バスや汽車や船に乗って行きました。たった十数名のために伝馬船《てんません》に乗って瀬戸内海の小島に渡ったこともありました。日本国じゅう、足を踏み入れてないところはないと言われ、語り歩いたその足跡は、亡くなる二カ月前まで継続されました。その思いは子どもたちにも伝わり、武彦童話活動五十年を記念して玖珠町に童話碑が建った時には、武彦のお話を聞いた日本じゅうの子どもたちが小さな石に自分の名前を筆書きして送り、その数はあっという間に四万個に達したといいます。

約六十年を語り歩き、子どものために生きた「お話の先生」、久留島武彦。

この一冊の本は、尾崎紅葉、巖谷小波、後藤新平、勝海舟、野村徳七、乃木希典、ダンヌンツォオ、ムッソリーニなど、世界近代史に名を刻む多分野の著名人との出会いを中心に、武彦がどのように生きて来たかを資料に基づいて新たに編み上げたものです。

この本を通して、「久留島武彦」という名を、その生き方を、広く読者の方に知っていただきたいと願っています。そして、私の思いが故花田俊典先生に届くことを心から祈っております。

二〇一七年　正月の朝　金《キム》 成妍《ソンヨン》

1. 殿町一番地のお屋敷の若様

「武彦さま！　行くばーい！」

津太郎が元気よく投げた雪玉は屋敷の窓際に当たった。武彦は立ち止まってその窓を眺めた。

「お父様の部屋だ」

父は長い間横になっていた。武彦は父と遊んだ記憶がない。父の部屋に入ることも許されず、部屋から出た父を見た覚えもない。

「お父様と一緒に遊んでみたいなー」

一瞬寂しそうな表情になったが、武彦はすぐに首を振って明るく津太郎の方へ駆け出した。


武彦の先祖は、日本の海上兵力の起源、瀬戸内海にある来島海峡を拠点とした村上水軍の一族、来島氏である。関ヶ原の戦いでは、毛利輝元《もうりてるもと》と共に西軍の石田三成《いしだみつなり》に協力して伊予から明石《あかし》海峡を経て出撃し、江戸から尾張、関ヶ原へと西下してくる徳川方の海上輸送経路を断つ功を上げた。しかし戦の結果、西軍が敗れたため、長きにわたり治めていた伊予の所領を没収され、海のない豊後国《ぶんごのくに》森（現・大分県玖珠郡玖珠町）へと移された。その後二代藩主の通春が姓を来島から久留島に改め、一万二千五百石の小大名として幕末まで存続した。

武彦の父、久留島通寛《みちひろ》（天保八年十月四日〜明治二十四年三月二十五日）は、森藩の十代藩主通明《みちあき》（文政十一年二月二十五日〜慶応四年六月十一日）の弟で、幼名は演丸、後に演次郎に改めた。通寛が十六歳の時（嘉永五年）、通明が健康不安で家督を弟の通寛に譲ろうとしたが、通寛は生まれながら病弱体質だったため家督は叔父に渡り、それが十一代藩主の通胤《みちたね》（文政十一年十二月十七日〜安政六年十一月三十日）になった。そして通胤の息子、通靖《みちやす》（嘉永四年五月十四日〜明治十二年二月二十三日）が最後の十二代藩主になった。明治四（一八七一）年、廃藩置県を迎え、久留島家は東京に移住したが、通寛は療養のため明治六（一八七三）年、森町に帰ってきた。武彦の母は、豊前国中津藩（現・大分県中津市諸《もろ》町）の中金奥平《なかがねおくだいら》家の出身で恵喜《えき》といった。武彦には三つ違いの妹が一人いて、名前はテル（明治十年五月二十三日生）といった。

通容（九代）
　通明（十代）
　通寛 ―― 武彦
通胤（十一代）―― 通靖（十二代）

久留島武彦《くるしまたけひこ》。明治七（一八七四）年六月十九日金曜日、豊後国の森陣屋で生まれた。この年、日本では初めてバターとアンパンが販売された。明治になって近代化が進んでいたが、山深い豊後国には、まだ江戸時代の色が濃く残っていた頃である。

武彦は、「殿町一番地のお屋敷の若様」と呼ばれていた。わがままをいうことも、立腹することもなく、誰にでも大きな声であいさつをする明るい子であった。竹田津太郎は、六歳から武彦のそばに学友としておかれた。東京では明治十一（一八七八）年二月から竹馬遊びが禁止されたが、武彦は津太郎と竹馬に乗って駆けまわったり、戦争ごっこをしたり、楠木正成《くすのきまさしげ》と足利尊氏《あしかがたかうじ》の絵草子を見たりして遊んだ。広い屋敷の中では、よくテルと隠れん坊遊びをする。まるまる太ったテルは武彦よりも元気がよく、「お母様、テルがいじめる、テルがいじめる」と訴える武彦の大きな声が屋敷に響き渡った。

「あんた、そん話し聞いたへぇー」

「面しりいかったたなー」

成覚寺で五日連夜の説教会が開かれていたが、その僧侶の話が大変うまいと、評判になった。静かな山村では噂がたつのもはやい。九歳になる武彦もお手伝いさんに手を引かれ、夜道を歩いていた。初めての夜の外出に武彦の胸はドキドキした。
高座に座った僧侶（こしかとしみつ）が、日蓮の一代記や加藤清正の信仰談を巧みに話し始めた。いよいよ話がクライマックスに近づくと、突然僧侶は台下の太鼓を叩いて会衆を盛り上げた。

「ドンドンドンドンドンドンドンドン」
「なむみょうほうれんげきょう」

太鼓の響き、お経の合唱、その場の熱気がまるで渦巻きのように武彦の身も魂も引き抜いていった。初めての体験だった。次の夜が待ち遠しかった。母にねだり、毎夜お手伝いさんを急がせて高座の前、最前列に席をとって聞き入った。
お話の感動、その興奮は家に帰ってからも中々さめない。食事の膳についても太鼓の響きが耳から離れない。ご飯を食べる箸を手にとると、膳のふちを太鼓のように叩いてみた。

「トントン」

「何ということだ、武さん。武士の家に生まれたお前が膳に向かって箸でそのふちを叩くとは、こんな無作法は見たこともありません」

今まで聞いたことのない恐ろしい母の叱咤《しった》の声が飛んできた。それでもお話への興味はさめない。毎晩のように、母とテルとお手伝いさんの前で、説教僧のマネをしながら、お話をするようになった。


寒い十二月の夜。

武彦はいつもの調子で、炉辺で母とテルとお手伝いさんの三人を前に、大げさに体を動かしながら話をしていた。その時だった。

「カンカンカン、カンカンカンカン」

半鐘の音が鳴り響いた。母が立ち上がって雨戸を引き開けた瞬間、火が見えた。

「火事だ！」

大きな火事だった。この明治十六（一八八三）年の大火で玖珠町の七割以上の家が全焼し、武彦が住んでいた屋敷と通っていた森小学校も焼失した。半年間借家で生活したが、小学校に通うため、武彦だけ母の実家（現・中津市諸町一八〇八番地）に預けられることになった。

武彦は老僕の茂七郎の背中におんぶされて中津に向かった。

「武彦さま、いい子にしちょかにゃつまらんばい。言うこつちゃんと聞いちょくれよね」

「うん、うん」

中津の殿町小学校（現・中津市立南部小学校）に転校した。母の実家には、母の両親、叔父、叔母、それに二歳の丈太郎という男の子がいた。玖珠町では若様だった武彦も、ここでは特別な扱いなど期待できない。

「武さん、ちょっとだけこの子をおんぶしちょって。寝たらとってあげるからね」

家事に忙しい叔母に頼まれ、生まれて初めて人の子を背中に負ってみた。落としてはならない。後ろに回した両手に力が入る。中々寝てくれない。段々両腕は痛く、子どもの体は重くなる。つらい子守の手伝いは続いた。

そんなある日、武彦はふと気づいた。自分の両手で負っているのだと気にしているうちは、子どもは眠らない。子どもの体温と自分の体温が一つになって、「鞍上《あんじょう》人無し、鞍下《あんか》馬無し」（乗り手が馬を巧みに乗り回し、一体となって疾走するさま）のような一つの心になった時、子どもはすやすやと眠り始めた。この「事実」を発見した武彦は、それをあらゆる場面に応用しようと心がけた。そしてその「事実」は、後々、武彦の人生哲学となって話道の基本理念となった。

中津でもお寺の説教を聞きに行った。森町の成覚寺で聞いたあの楽しかったお話が、忘れられなかったのである。中津旧城内にあった大神宮の定例説教には、一度も欠かさず通い続けた。講演が終わると、そこの若い神官が後片付けを言い付けた後、ご神前に捧げられたお餅や干魚などを、火鉢の火であぶって食べさせてくれた。それが大きな楽しみとなった。

その定例説教で、武彦の頭に強く焼き付けられたことがあった。開講に向かう講師の謹厳な態度と、進退の仕方、そして開講するとまず講師が、明治天皇が新しい国家を樹立した時に、国民の前で発表した五カ条の御誓文を朗読してから講演に入ることだった。人の前で語る人の心構えとその進退のあり方を、武彦はそこで学んだ。

明治二十（一八八七）年小学校を卒業した後、その頃大分県に一つしかなかった大分中学校（現・大分県立大分上野丘高等学校）への進学が決まった。大分までは遠く、武彦は学校へ通うために親戚の家に下宿をすることになった。

夜明けの三時、一つ、二つと松明《たいまつ》が集まって来た。


「みんな来たかな」

「そろった？」

「そろった、そろった」

「じゃあ、出発するぞ」


武彦が先頭に立った。松明を掲げ、友達数名と玖珠町を出発した。大分へ向かうのだ。当時大分へ行くには徒歩しかなかった。日出生台《ひじゅうだい》を通って、湯布院を経て別府にたどり着く頃には、日が暮れて真っ暗闇になっていた。その夜は別府の米屋という旅館に泊まり、翌朝また歩き続けた。別府湾が見えた。初めて見る海に、武彦の胸は高鳴った。

子どもに魂を入れるのは身近な大人である。

――武彦――

2. 志を胸に

「またあれ見ちょんの？」

と、仲良しの辰夫が武彦の横に座った。

「見て、今回もアメリカから新しい種苗《しゅびょう》が入って来たよ」

月二回出る津田仙の『農業雑誌』（学農社）は、大分中学校でも人気だった。特に武彦は毎号紹介されるアメリカ農業の情報を夢中になって読み耽った。


「おれは牛と豚をたくさん飼いたいんだ」

自然豊かな玖珠町で生まれ育った武彦の夢は、牧畜業だった。頭の中は、大麦やトウモロコシの間にうごめく豚や立ち回る牛の姿でいっぱいだった。アメリカ農業の勉強に役に立つと思って、英語にも興味を持ち始めた。そこへアメリカから英語の教師としてサミュエル・ヘイマン・ウェンライト（Samuel Hayman Wainright 一八六三〜一九五〇）がはるばる大分中学校へやって来た。明治二十一（一八八八）年、当時地方の中学校で英語の教師にアメリカ人を採用するということは非常にめずらしいことであった。二年前結婚したウェンライトは、マーガレット夫人（Margaret Miller Todd）と一緒だった。

「あれが西洋の三味線らしいよ」

「人がでっかいから三味線もでっかいね」

マーガレット夫人のピアノが神戸から運ばれて来ると、町中が騒いだ。


「おれ、外人、初めて見る」

「ぼくも」

「外人は女の人も帽子をかぶるんだね」


ウェンライトは武彦が初めて接した外国人であった。この年、東京では、上野黒門町に初のコーヒー店が開業するなど、外国の文物を柔軟に吸収していたが、大分では、コーヒーはおろか、まだ外国人を見ることも珍しかった。武彦は、日本語を知らないウェンライトと話がしたくて、英語を一生懸命勉強した。ネイティブから学ぶ英語の授業は楽しかった。ウェンライトはやさしくて温かかった。その人格に引きつけられ、常に多くの生徒たちが周りをかこむようになった。

「海に行こう、レッツ ゴー トゥ ザ ビーチ！」

「わー、イェース」

ウェンライトのひと言で、海水浴に出かけた。ウェンライトは遠くから潜ってきて生徒の足をすくい、大きな体で持ち上げては水の中に放り込んで、愉快に大笑いした。そんなウェンライトがみんな大好きだった。

帰り道、武彦は横を歩いているウェンライトに言った。

「先生、私は牛を飼いたいです。豚も飼いたいです。私の夢は、牧畜業なんです。アメリカの牧場はどんな感じですか？　牧草には何を使いますか？」

すると、ウェンライトは足を止めて武彦の前に立った。腰をかがめ、武彦の肩に両手をおき、武彦の目をじっと見つめた。

「マイ・ボーイ、牛や馬ではなく、人間を育てる人になってください」

ウェンライトの目は、もっと色々な話を武彦の心に語ってくれた。戦慄が走った。

「武さん、ウェンライト先生の家でバイブルクラスっていうのをするらしいけど、行く？」

「もちろん」

「そやけんど、バイブルクラスって何？」

「聖書の研究会という意味だから、まあ聖書の勉強やろう」

「へえー耶蘇教ってどんなもんやろうね」

「まぁウェンライト先生がなさってることだから、何だっていいじゃないか、早く行こう」

ウェンライトは英語の教育のみならず、彼のバックボーンである聖書の教えを大分の人々に伝えようと努力していた。


「先生の家、大きいねー」

「先生はこっちの洋式に住んでらっしゃるんだろうね」

「うん、あの和式には通訳とコックが住んでいるらしい」

先に来ている子が手招きをした。

「こっちだよ」

「広いー、でもこの畳、汚いねー」

「ほこりもすごいよ」

武彦は週二回のバイブルクラスや日曜日の礼拝説教の度に、早めに来てウェンライトの家を片っ端からきれいに掃除した。武彦は親類の家で下宿をしていたが、下宿生活ほど不潔で無秩序で乱暴なものはないと思っていた。家庭の雰囲気とは全く対照的な不愉快な生活だった。そこである日、ウェンライトにおずおずと、聞いてみた。

「先生、あのー、私を先生の家の一隅においていただけないでしょうか」

「もちろん！　嬉しいよ、すぐ来てください」

ウェンライト夫妻は大歓迎した。武彦は言葉が出ないぐらい嬉しかった。

ウェンライトの家に引っ越した武彦は、よく掃除をした。誠心誠意、夫妻のお手伝いをした。英語の勉強も聖書の勉強も頑張った。夫妻が街を歩くとぞろぞろ後ろをついていった子どもたちも段々いなくなったが、武彦は登校の時も散歩する時も、いつもウェンライト夫妻と一緒だった。ウェンライトは武彦を家族のように愛し、武彦はウェンライトを通して父の愛を感じていた。

明治二十二（一八八九）年九月、キリスト教に基づく教育を行う関西学院《かんせい》を神戸に創立した初代院長のウォルター・ラッセル・ランバス（Walter Russell Lambuth、一八五四〜一九二一）と吉岡美國《よしおかよしくに》（教育者、一八六二〜一九四八）が、同年十二月二十八日、大分にやって来た。大分を回りながら宣教活動を行い、除夜祈祷会を開催した。大晦日の午後、ランバスはウェンライトと面談し、関西学院に来てくれることを要請した。そして武彦は、ランバスから洗礼を受けてクリスチャンになった。ウェンライトは一般信徒だったため、ランバスのような教職資格のある人からではないと洗礼は受けられなかった。同年、憲法で信教の自由が認められ、ランバスらの活動は大分リバイバル（一八八九年大晦日より新年にかけて大分教会で起きた日本のプロテスタントの信仰復興運動）を起こしたが、中央から遠い大分の地では、まだまだキリスト教に対する迫害が激しかった。

翌年の四月四日、東京の東洋英和女学校のラージ校長の夫が強盗に無残に殺害される事件が発生した。新聞を通してその事件を知った武彦とウェンライト夫妻は、自分たちに向かって石が投げられてくるなど、最近相次ぐ不審なできごとについて話し合い、夜十一時過ぎに寝床に入った。

眠りに入ろうとする瞬間、「ガッチャーン」と、何かが壊れたような大きな音がした。武彦は飛び起き、枕元にいつも置いてある先祖伝来の刀をつかみ、物音がした方へ駆けつけた。家の表口が壊れている。誰かが襲って来たらしい。

「手慣れの一刀、ここにある。先生の身はおれが守る」というつもりで、「ヒヤ　イズ　マイ　テイムドゥ　ソード！(Here is my tamed sword)（ここに私が慣らした剣がある）」と叫んだ。英語は滑稽でも、武彦は真剣そのものであった。刀をかまえた姿からは、村上水軍の血を引く者の気迫さえ感じられた。そんな武彦にウェンライトがゆっくりと近づき、落ち着いた声で語りかけた。

「マイ・ボーイ、あなたが怒るのは、もっともです。しかし、主イエスがユダの手引きによって捕まえられた時、ペテロが怒って剣をもって大祭司の僕《しもべ》の耳を切り落としました。主はそれを拾って僕《しもべ》の耳につけていやし、ペテロに言いました。

『剣をさやにおさめなさい。剣を以て立つものは、剣で滅びます』

我々は一時の憤激に身を委ねるペテロ的態度でなく、和やかに道を説いていくヨハネの風格を学ばなければなりません。聖書の精神はここにあります」

ウェンライトの言葉に促され、武彦は抜いた刀をさやに戻した。

夏、ウェンライトは神戸の関西学院に移った。武彦にも関西学院へ一緒に移ることをすすめた。ウェンライトにしたがって武彦も神戸に移り、関西学院普通学部一回生になった。

武彦は毎日郷里にいる母のために祈った。そして、ヘビースモーカーだったウェンライトが健康で過ごせるよう、タバコを辞めるように祈った。

布教活動をするために小さい提灯に赤インキで十字を描いてそれを腰にはさみ、土、日になると三宮神社前の夜店での街頭演説にも立ってみた。そのような学生生活を続けるなか、永井柳太郎（政治家）、山田耕筰（作曲家）、今東光（小説家）のような楽しい友もできた。

明治二十四（一八九一）年三月二十五日、父が亡くなったという訃報が届いた。葬儀等が終わった後、今後のことを相談するため、東京の宗家を訪ねた。

「お前はこれからどうするつもりか」

武彦の顔を見るやいなや当時子爵だった当主はきつく問いただした。

「い、いま通っている関西学院の生活を続けたいと思いますが」
「バカ！耶蘇教の私塾なんかにおって、何になるつもりだ」
「同志社大学を創った新島襄《にいじまじょう》先生のような人になりたいと思います」
「馬鹿者！　新島のような人になって、何をするのだッ、お前は海軍に入るのだッ、馬鹿な奴がッ！」

鉄の火箸で火鉢を割れんばかりに叩きながら一喝した子爵は、大変な剣幕で席を蹴り、部屋から出て行ってしまった。

父を亡くし、心細く一人上京した十七歳の武彦は呆然となった。しばらくして、ここに休めと与えられた玄関脇の小さな部屋に引き下がると、こみあげてくる涙は拭っても拭っても止まらない。

生まれて初めて恥辱《ちじょく》と憤《いきどお》りを感じた。最もつらかったことは、無理矢理、海軍予備学校である攻玉社（現・攻玉社中学校・高等学校）に入れさせられたことであった。十カ月ほど攻玉社に通った。東京では見るもの、聞くもの、何もかもが珍しかった。歯磨きチューブが発明され話題になるなど、連日新しいニュースで溢れていた。しかし、武彦は関西学院に戻りたかった。ウェンライト先生のもとに戻りたかった。

そこでキリスト教の雑誌、『護教』の主筆だった山路愛山《やまじあいざん》（評論家、一八六五〜一九一七）に相談すると、「すべての手続きはおれに任せて脱出しなさい」という力強い言葉が返ってきた。

勇気を得た武彦は東京を「脱出」して、再び神戸に戻った。武彦の身勝手な行動に激怒した子爵は、久留島家から武彦を除籍し、学費支援もすべて打ち切ってしまった。金銭的な苦境に陥った武彦はアルバイトをして学費を稼ぎ、苦難を乗り越えていった。神戸に住む外国人に日本語を教えたり、教会図書館で教室用の聖書地図や参考図を作ったりした。今、自分にできることを探して、与えられたことを誠実にこなしていった。ウェンライトをはじめ、多くの先生たちが武彦を見守ってくれた。

一年が経ったある日、関西学院の二代院長となった吉岡美國の推薦によって、武彦は神戸美以教会日曜学校の校長に任命された。在学生としては異例の抜擢であった。日曜学校には五組八十名の子どもと五人の若い教師がいた。ここで初めて「教育」という現実に直面した。キリスト教のお話を子どもに分かりやすく伝えるために、自ら絵本を制作して読み聞かせをしたり、讃美歌の歌詞をやさしく作り替えたり、色んな工夫を試みた。そのような努力は、やがて子どもへの観察へと広がった。

明治二十七（一八九四）年七月、箱根でキリスト教徒第六回夏季学校が開催された。そこに参加した武彦は、内村鑑三（宗教家、一八六一〜一九三〇）の講演、「後世への最大遺物」を聞いた。「人間が後世に残すことのできる最大遺物とは、勇ましい高尚なる生涯である」という講演の内容は、明治三十（一八九七）年、京都の便利堂から出版されてベストセラーになった。この夏季学校には武彦の他、和田英作（洋画家）、福田徳三（経済学者）、河辺貞吉（牧師）などが参加した。当時農科大学校の学生だった新島善直（北海道帝国大学教授）は、同じ部屋を使ったある青年と芦ノ湖を散歩したことを次のように記録している。

背の高い男で髪を長めの散切りにして紺がすりの単衣を着ていた。彼はしきりに子どもの情操や宗教教育のことを語った。彼は幼児から青年に対して精神的指導の必要をしきりに論じて、それがために片手間仕事でなく、人が全力を尽くして従事しなければいけない大きな事業であることを強調した。彼はまたそれを自分の天職として進みたいことを熱心に話した。

（『いぬはりこ』より「芦ノ湖畔の青年」）

その青年は武彦であった。ウェンライトによって入れられた魂は、二十歳になった武彦の中で一つの志となってしっかり芽生えていたのである。

大分中学時代、武彦とウェンライト夫妻

関西学院時代（左が武彦）

3．作家・尾《おの》上《え》新《しん》兵《べ》衛《え》の誕生

武彦は川のせせらぎで目が覚めた。布団の感触が心地よい。朝日がまぶしい箱根小川温泉の一室。笑みがこぼれる。箱根での夏季学校で内村鑑三とともに講師として来ていた植村正久《うえむらまさひさ》（牧師、一八五八〜一九二五）に面会した武彦は、東京で仕事に就きたいという思いを伝え、長い面談の末、日本基督教の機関誌である週刊伝道誌『福音新報』（福音新報社）の編集の仕事を提案された。内定が決まったのだ。文学に憧れていた武彦は、筆で食べていけると思うと胸がいっぱいになった。今年の春、神戸に呼び寄せた母とテルの喜ぶ顔がありありと浮かんだ。いよいよ一人前になれるのだ。

「仕事に就いたら、こんな余裕もないはずだ。しばらくゆっくりするか」と、武彦は晴れ晴れとした気持で大きく背伸びをした。

希望に満ちた数日が経った。部屋で夕食についたところ、番頭が一通の手紙を届けてくれた。見ると、封筒の裏に大分県玖珠町役場の名が、大きく印刷されている。数カ月前、郷里に帰って受けた徴兵検査のことを思い出した。ちょうどこの頃、日清戦争が勃発していたのである。武彦は当然不合格と思って安心していた。背は高いけれど、やせっぽちだった。合格するはずがない。

「甲種歩兵合格」

手がわなわなと震えた。何度も読み返した。

「抽選の結果第一番となり、近衛歩兵に編入相成り候」

軍隊に行かなければならない。三年、三年もの間だ。力が抜けて、ごろりと横になった。涙があふれてきた。天国から地獄へ突き落とされた気がした。何のために英語の勉強を頑張って来たのか。今までの努力も、これからの希望も、すべて水の泡だ。涙が止まらない。泣きながら祈った。神に救いを求めたら、少し心が落ち着いてきた。覚悟して立ち向かうしかない。

武彦は、翌朝旅館を出て東京に行った。植村正久に会って事情を説明し、了解を得た。そして神戸に戻った。


神戸に戻った武彦は、母とテルと家族水入らずの時間を過ごした。十月の関西学院青年会の例会で、夏季学校の報告をした。十一月の例会は、多聞教会で開かれ、百五十名も出席した。そこで武彦は、「望ましき覚悟」という題目で演説をした。そして十二月一日、近衛師団歩兵第一連隊に入隊した。

明治二十八（一八九五）年三月十八日、東京を出発した近衛師団歩兵第一連隊は、三月二十五日の夜八時、広島に着いた。武彦は、東京青山停留場を出発して、機関車が各停留場を経て広島に着くまでの記録を、短文にまとめ、三月二十九日付けで『家庭雑誌』（博文館）に投稿した。

山口県下関にある春帆楼《しゅんぱんろう》。春うららかな眼下の海に、たくさんの帆船《はんせん》が浮かんでいる様子から、伊藤博文が名付けた屋号である。春帆楼の二階大広間で、三月二十日から始まった伊藤博文と李《り》鴻章《こうしょう》による日清講和会議が、いよいよ終盤にさしかかっていた。窓越しに、日本の輸送艦が遼東半島を目指して関門海峡を次々と通過して行くのが見えた。その輸送艦に、武彦は乗っていた。

武彦が遼東半島に上陸して間もない四月十七日、日清講和条約が調印された。戦争が終わったのだ。やることもなく、敵前での待機が続いた。小山でウサギ狩りばかりさせられた。

四月二十五日、武彦が投稿した文章が、「一兵士の通信」という題で『家庭雑誌』（五巻五十二号、一八九五年四月二十五日）に掲載され、「久留島武彦」という名が初めて活字になったことも、武彦には知るすべがなかった。

武彦は再び原稿用紙を取り出した。今度は、「近衛師団に入った新兵」をもじった「尾上新兵衛《おのえしんべえ》」というペンネームで、「新兵衛《しんぺえ》」を主人公にした兵隊物語を書いた。

友達から、「四百余州の満州を制してくれ」という意味の饅頭四百個をもらった新兵衛が、それを一口に頬張りながら、持っていた傘で剣舞を踊るなど、武彦の明るくておおらかな性格がにじみ出る愉快な作品であった。

五月になると、台湾で島民の反乱が起きた。日清講和条約の締結まもない日本は、その鎮圧のため近衛師団を台湾に出兵した。

「頼む。帰ったらこれを博文館へ送ってくれ」と、武彦は書きまとめた原稿を帰還兵に託し、台湾へ発った。

五月二十九日、台湾に上陸した。基隆《キールン》はすぐ陥落し、そのまま台北《たいぺい》に向かって進軍を始めた。蒸し暑いなか、冬の軍服姿の兵士たちは、マラリヤ、コレラ、チフスなどの病気に悩まされた。いったん行軍の足を休め、基隆と台北のほぼ中間地点で野営を張った。新兵の武彦は、歩哨に立った。

しばらく見張りをしていると、遠くから白旗が見えた。緊張が走った。段々それが近付いてきた。

「外人だぞ」

四人の外国人だった。一番前の外国人が白旗を立て、後の三人は鉄砲を担いでいるのだが、降伏のしるしに、台尻を上に向け、銃口を下に向けていた。武彦は直ちにそれを分隊長に報告した。分隊長と古参兵の五名が駆け付けて来た。


「やあーこりゃ、困った。弱ったな」

「チイチイバアバア、何をいうか分からないな」

「誰か分かるやついないか」


四人の外国人が近付くにつれ、みんな困り果てていた。

そこで武彦が、「分隊長殿、もしアメリカ人かイギリス人であれば、私が行って聞いてみましょうか」と言うと、分隊長は目に怒りをあらわにして、「アメリカかイギリスか分かるもんか、貴様、黙っとれ。困ったな、厄介なことになったな」と、一人でうろうろした。

「もしアメリカ人かイギリス人であれば、英語が分かるはずでございます。私が聞いてみようと思って、申し上げたのでございます」

「貴様、英語が分かるのか」

「はい、少しなら分かります」

すると、分隊長は手のひらを返したように、「いやー、そいつはありがたい。これはえらいことになったぞ。それじゃ、貴様、すぐ行ってくれたまえ。そうかそうか、そいつはありがたい」と、小躍りしながら武彦を送り出した。

四人の外国人は、アメリカ人、イギリス人、ドイツ人、ポルトガル人で、台北居留地から暴動を避けて逃げて来た外国人代表であった。日本の司令官に会って話をしたいと言う。武彦が引率して参謀のところへ行った。

参謀は昨年ドイツから帰ってきたばかりの福岡出身の明石元二郎《あかしもとじろう》（後の第七代台湾総督、一八六四～一九一九）だった。明石元二郎がドイツ人を、武彦が残りの三名を担当して、一人ずつ個室に連れて行って尋問した。それぞれの話が一致したことで正確な情報を得た近衛師団は、その夜、台北に進撃し、翌朝、台北城門を攻撃して入城を果たした。

台北の師団長は、北白川宮能久親王《きたしらかわのみやよしひさしんのう》（皇族、一八四七～一八九五）で、ドイツ語はできるが英語はできなかった。そのため、武彦は師団長専属の通訳となり、ニューヨーク・ヘラルド紙の特派員であるデビットソンの応対などにあたった。満一年も経たないうちに、新兵から下士に昇進した。

ある日、武彦は日本から届いた小包を受け取った。『少年世界』一巻十三号（一八九五年七月一日）であった。『少年世界』（博文館）は、当時少年雑誌としては唯一販売数が百万部を超える、圧倒的な存在を放つ人気雑誌であった。「児童文学」という概念もなく、子どもを対象にした文芸作品を表す言葉すら存在しなかった当時、「お伽噺《とぎばなし》」という言葉を使って、児童文学を開拓していた売れっ子作家、巖谷小波《いわやさざなみ》（一八七〇～一九三三）が主筆をとっていた。

尾上新兵衛の名で発表された「近衛新兵」は、十月まで十回にわたって連載された。抽選の結果一番で合格して入隊するまでの「当籤」に始まり、故郷の森町からの「出発」、「入営」、「学科」、「練兵」、「射撃」「演習」「験閲」「起居」「酒保」など、三カ月にわたった軍隊体験がくまなく綴られており、その中には、兵営内の処世術といえるようなことも伝えていた。戦場から送られる現役兵士による実体験の話は初めてだったので、「近衛新兵」は大きな話題を呼んだ。ユーモアに富んだ文章と武彦が自ら描いた挿絵は多くの少年たちを魅了した。

十一月、近衛師団は台湾から帰還した。武彦は、台湾滞在中、三度の昇進を成しとげて伍長になっていた。翌年には、三等書記に任命された。営外居住許可がおりたため、麹町で下宿をしながら通勤した。

ある日曜日の午後、武彦は同年兵の木戸忠太郎《きどちゅうたろう》（木戸孝允の次男）の紹介で、牛込区横手町の尾崎紅葉《おざきこうよう》（小説家、一八六八〜一九〇三）を訪ねた。尾崎紅葉が「金色夜叉《こんじきやしゃ》」を『読売新聞』に発表する一年前のことである。

尾崎とは台湾出征のことから、文学談へと話題が尽きない。

「お恥ずかしいことですが、私は戦地から原稿を送って先月まで『少年世界』のお世話になりました」

「ああ、じゃ、君があの尾上新兵衛君か」

「はい」

「あれはよかった。面白かったよ。『少年世界』でひどく受けたそうだね。巖谷が一度、君に会いたいと言っていたよ」

「そうですか。私もぜひお目にかかりたいと思っております」

「あ、そうか、それでは僕が紹介してあげよう」

尾崎紅葉はすぐ側にあった美濃半紙をとりあげ、新しい筆一本を取り出した。筆の先端を前歯で噛んだ後、技巧に富んだ字で、巖谷小波宛の紹介状を書いてくれた。

次の日曜日、武彦はさっそく巖谷小波を訪ねた。

「やー、君が尾上新兵衛か。文章を読んで思い描いていた通りの人だな。よく来てくれた」

児童文学の第一人者で、武彦には雲の上の存在のように思えた巖谷小波だったが、会話を交わすうちに、時間を忘れ、話に花が咲いた。その後、小波のところを頻繁に訪れるようになった武彦は、やがて小波の家に寄宿することになった。小波をかこんだ文学研究会である木曜会も立ち上げた。兵隊物語を書き続ける一方、グリム童話を翻訳し、自ら創作した「お鼻の喇叭《らっぱ》」「ぐらぐら国」「蜘蛛《くも》の子」「鈴虫」などの童話を発表、児童文学にも足を踏み入れたのである。

三度の昇進を果たし、
伍長になって台湾から帰還した頃の武彦

入隊当時の武彦

明治30年、除隊後、木曜会メンバーと

一人では何も出来ない。
しかし、一人が始めなければ何も出来ない。

―武彦―

4．口演童話会とお伽芝居の始まり

「おーい、久留島君じゃないか」

「はっ、後藤事務局長様、おはようございます」

「やー、やー、尾上新兵衛と呼ぶべきか」

「いゃー」

「そういえば、台湾調査団の話が持ち上がっているけど、君、行ってみないか。君ならものも書けるし、書記ならもってこいじゃないか」

後に外務大臣や東京市長（第七代）を歴任することとなる政治家後藤新平《ごとうしんぺい》（一八五七〜一九二九）は、二十四歳で愛知県医学校の学校長兼病院長にまで昇りつめた人物で、その後ドイツに留学、医学博士となって内務省衛生局長に就任したが、相馬事件に巻き込まれ一時離職、日清戦争の帰還兵に対する検疫業務を行う臨時陸軍検疫部事務局長として官界に復帰し、最近再び内務省衛生局長の座に就いていた。

武彦は、台湾調査に興味が湧いた。ヨーロッパ人として初めてアフリカ大陸を横断したスコットランドの探検家、デイヴィッド・リヴィングストン（David Livingstone、一八一三〜一八七三）の伝記を読んだ時の興奮がよみがえった。

武彦は、台湾東海岸測量計画に陸軍書記として参加し、再び台湾に渡った。台湾の東海岸の新開園から、中央山脈を越えて西海岸の台南に至る、大変な道のりであった。その一部始終を細かく記録し、自ら描いた挿絵も添え、明治二十九（一八九六）年十月十四日から同年の十一月十九日まで、二十一回にわたって『東京日日新聞』に連載した。ペンネームは「書気生」。題は「蕃地横断の記」であった。

台湾民政局長に就き台湾調査事業に着手していた後藤新平は、台湾から帰って来た武彦を、ことあるごとに呼び出して現地の報告を受けた。後藤と親しくなった武彦は、ある日、自分が村上水軍の末裔であることを話した。その話を聞いた後藤は、日本の海軍の基礎を創り上げた勝海舟と面識があると言う。江戸幕府を無血開城させたことで有名なあの勝海舟に、武彦はぜひ一目でも会いたいと思った。「人はどんなものでも決して捨てるべきではない。いかに役に立たぬと言っても必ず何か一得はあるものだ」と言った勝海舟の言葉にも、日頃強く惹かれていたのである。

数日後、武彦は後藤の後ろについて、勝海舟に会いに行った。勝海舟の家に行き、居間に通されると、勝海舟は背を丸くして座っていた。座ったまま姿勢を崩さず、黙って首だけ二人に向け、上目遣いにじろりと見た。その眼光の鋭さに、武彦は息がつまるような思いで、後藤の後ろに硬くなっていた。武彦二十三歳であった。

公職を引退し静かに余生を送っていた勝海舟は、その二年後、この世を去った。

勝海舟との会見の望みが叶った年の暮れ、武彦は軍隊を除隊した。三年間の兵役義務が終わったのだ。神奈川県出身の浜田ミネ（明治十三年一月四日生）と結婚したのも、武彦二十三歳のこの年であった。

巖谷小波の推薦で神戸新聞社に就職し、神戸新聞の創刊に当たるため、母を妹夫婦に託し、ミネ夫人と二人で神戸へ赴いた。武彦は県市政や経済部門の紙面を担当し、明治三十一（一八九八）年二月十一日、『神戸新聞』が創刊された。

翌年の夏、東京の麹町にできた軍事彙報社から『軍事彙報』という雑誌が刊行されることとなり、武彦は小波の推薦によってそこの編集者になった。三年契約を結び、神戸新聞社を退社し、ミネ夫人と一年半ぶりに東京へ戻った。しかし、半年も経たないうちに軍事彙報社は倒産してしまった。

今度は、友人の紹介でイギリス商社と取引のある横浜セール商社に入社した。倉庫番となって羅紗《らしゃ》や鉄などを取り扱ったがすぐ辞めてしまった。その後、日本郵船会社に入って上海支店長秘書の役職につき単身上海へ渡ったが、北京の義和団事件が発生し、会社は閉鎖の憂《う》き目にあった。

その冬、貧困のなか、わずかなお金を工面し、ミネ夫人を上海に呼び寄せ、白岩龍平《しらいわりゅうへい》（大東汽船会社社長、一八七〇～一九四二）の援助で蘇州、杭州などを回った後、日本に帰って来た。

帰国して時を移さず、大阪毎日新聞社の通信部長だった土屋元作《つちやもとさく》（ジャーナリスト、一八六六～一九三二）の誘いを受け、明治三十四（一九〇一）年三月二十一日、大阪毎日新聞社に入社した。新聞社では社会部に配属され、スポーツ記事を担当した。ミネ夫人は保母となって愛珠幼稚園に勤めることになった。大阪に住居をかまえ、東京の妹のところから母を呼び寄せたが、平穏な時は長く続くこともなく、十月二十日、母が病気で亡くなった。

翌年の一月から、大阪毎日新聞に「幼稚園」という子供欄を設け、「園長・尾上新兵衛」のペンネームで、童話を連載し始めた。

武彦の心のなかには、光り輝く夢があった。一度も忘れたことのない夢、児童教育、子どものための文化事業を起こしたかった。そのためには資金が必要だ。焦りが武彦を急き立てる。結局、在職二年で大阪毎日新聞社を辞めて、横浜の海門商会に入社したが、またもや会社は十カ月で倒産してしまった。横浜貿易新報社（現・神奈川新聞社）に入社したのは、七回目の転職であった。

大阪から横浜へ移って間もない明治三十六（一九〇三）年四月十七日、武彦は麹町の小波居を訪ねた。小波は、学習院の幼稚園部でお話をするために出かけるところだった。

『少年世界』の主筆をとる一方、『日本昔噺』（一八九四〜一八九六）、『日本お伽噺』（一八九六〜一八九八）のシリーズに続いて、『世界お伽噺』シリーズを毎月発表していた小波は、五年ほど前から小学校や幼稚園で頼まれ、「お伽噺」を語り聞かせる「口演童話」を試みていた。その様子をひと目見ようと、武彦は小波について学習院へ出かけた。

学習院は代々、公家や宮様が学ぶ学校である。その学習院の大日本婦人教育会で、小波の口演童話の前に、坪内逍遥《つぼうちしょうよう》（小説家・劇作家、一八五九〜一九三五）がお話をした。坪内逍遥のお話は、人情味たっぷりの良い話で、武彦は今度呼ばれたら自分もああいう話をしたいと思った。しかし貴婦人たちは、宮様の前で庶民が聞くような話をしたと言って、大変不評であった。そこで武彦は、自らお話の会を開催し、子どもたちに「口演童話」を聞かせることを思い立った。

ミネ夫人が生活費を切り詰めて用意してくれた三十円を資金に、武彦は口演童話会の準備に東奔西走《とうほんせいそう》した。

三カ月後の明治三十六（一九〇三）年七月十五日、母が通っていた横浜市中区蓬莱町メソジスト教会で、「お伽倶楽部《とぎくらぶ》」と名付けた第一回の口演童話会を開催した。ライト兄弟が飛行に成功したこの年に、武彦は日本初の口演童話会を誕生させたのであった。入場料は普通席五銭、特等席十銭であったが、多くの子どもたちが集まった。まず武彦があいさつをして、木戸忠太郎が「百万年の富士山」という科学のお話をした。そして最後に小波が童話を語った。大成功した口演童話会は、毎月開催されることになった。


横浜劇場で「椿姫」を上演していた川上音二郎《かわかみおとじろう》（「オッペケペー節」を歌って有名になった新派劇の創始者、一八六四～一九一一）が、横浜貿易新報社の社会部長をしていた武彦に、椿姫の宣伝記事を頼むため、口演童話会の初演当日、メソジスト教会まで訪ねて来た。ところが、子どもで溢れる会場ではろくに話すこともできず、翌日、改めて武彦の家を訪ねて来た。

「会場の前が子どもの下駄ばかりでしたが、昨日はいったい何の会合でしたか」

武彦から口演童話会の趣旨と内容を聞いた川上音二郎は、

「それは結構な催しですなー。私たちにも、一つ協力させてください。子どもに向く芝居を演じるのはどうでしょうか。忠臣蔵とか桜井の別れとか、大いに受けますよ。いかがでしょうか」と、身を乗り出した。

「川上さん、あの有名な巖谷小波先生を知っているでしょう。去年十一月、ドイツから帰って来て、今年の二月に子どものためのお伽芝居の劇作として、春若丸というものを出版しています。そういうものを演じるべきです。日本の俳優は、まだ誰も手をつけてない世界なのですから」

「それは、面白い！」

武彦はさっそく小波に相談し、京橋の富貴亭という料亭で、川上音二郎、貞奴《さだやっこ》夫妻と、小波の四人が顔を合わせる席を設けた。話し合った結果、「春若丸」は難しいと判断され、小波の『世界お伽噺』から、「狐の裁判」と「うかれ鼓弓《こきゅう》」を選んで演じることになり、小波が脚本を書き直した。十月三日、四日の両日、本郷座《ほんごうざ》での初演が決定された。入場料は普通席十銭、特等席一円五十銭と高額にも関わらず、二日とも超満員の盛況となった。

開幕前である午後一時二十分から、青白幕の前に武彦が登場し、日本初となるお伽芝居を開演するまでの経過を報告し、お伽芝居が児童の情操教育に必要な理由などの説明をかねて三十五分間あいさつをした。その後、小波の口演童話があり、お伽芝居が上演された。初演以来、全国二十数カ所の主要都市を巡回しながら、四年もの間、川上一座はこのお伽芝居で喝采を浴び続けた。専門俳優が子どもを対象に演じる商業演劇としてのお伽芝居は、こうやって始まったのである。

ミネ夫人と長女・福子を抱く武彦

第5回の口演童話会、神田の青年会館にて　明治39年11月

5．お伽の種を蒔《ま》こう

「おとーちゃーん」

京城駅のプラットフォーム。

ミネ夫人に抱かれた二歳の福子（明治三十五年三月十一日生）は、武彦に向け両手を伸ばしていた。汽車から降り立ったミネ夫人に駆け寄った武彦は、半年ぶりに我が子を抱き上げた。

半年前の明治三十七（一九〇四）年二月十日、日露戦争が勃発した。月一回、口演童話会を開催する一方、東京中央新聞社に転職して働いていた武彦は、特派員として派遣された対馬で動員令を受け、自宅に帰ることもなく、そのまま召集された。韓国の仁川《いんちょん》港に渡り、経理部に配属された後、京城（現・ソウル）の司令部に移されたばかりであった。異国の地で、わずかな時間を家族と過ごした武彦は、翌年の五月、北韓軍に配属されて北上した。咸鏡北道《はむぎょんぶっくどう》の富寧《ぶりょん》を経て、昌斗《ちゃんどぅ》嶺《りょん》戦や五峯山《おぼんさん》での激戦の後、鳳儀山《ぼんういさん》で最後の攻撃があった。そして、会寧《ふぇりょん》を占領して休戦した。会寧で少し余裕ができると、武彦の目は自然に子どもたちへと向かった。朝鮮の子どもの遊び文化、朝鮮の出産や育児風習などを観察して、記録した。十月、満州に入り遼陽《りょうよう》に滞陣、沙河《しゃか》に進んで駐屯していたところ休戦となり、十一月十五日、下士官として帰還した。

広島に上陸した武彦は、軍服姿のまま、広島に住んでいた大分中学校時代の友である釘宮辰生《くぎみやたつお》を訪ねた。
「辰夫、僕は今回生きて日本の土を踏んだら、一番に君を訪ねようと思っていた。君の手をにぎって、真剣な志を誓うためだ」
その志とは、大分中学校時代にウェンライト先生から教えられた、「人を育てる」ということに人生をささげることで、武彦は今度こそその道を真っすぐ歩こうと決心したのであった。

五日ばかり休んだ後、東京中央新聞社に復帰した。そして、中央新聞の日曜版付録『ホーム』の創刊に当たった。日本初のカラー五彩刷り週刊子供新聞である『ホーム』は、子どものためのお伽話や絵ばなし、海外の文化や住宅、玩具の紹介、学校案内、科学記事、偉人の幼少年期紹介など、多彩な内容で構成された。武彦は『ホーム』の編集を担当する一方、個人的な活動として総合的な児童文化運動を体系的かつ組織的に推進していく準備を着々と進めていた。

まず、学校と家庭の間に立つ社会教育機関として、「お伽倶楽部」という児童文化活動団体を立ち上げた。会長に柳原義光《やなぎわらよしみつ》(伯爵・貴族院議員、一八七六〜一九四六)を、顧問に巖谷小波と東儀《とうぎ》鉄笛《てってき》（作曲家、一八六九〜一九二五）を据え、武彦は主事についた。お伽倶楽部主催の月例口演童話会を開催することにし、明治三十九（一九〇六）年三月十七日土曜日、東京神田青年会館で第一回目を開催した。入場料は子ども十銭、大人二十銭であった。

「やー久留島君、入口がすごいことになっているよ。あの子どもたち、みんな入れるのかい？　大盛況だね」

「ホッとしました。ありがとうございます」

大会当日、武彦は三十九度近い高熱だったが、我が身を顧みず、大会の主宰に全力を尽くした。超満員のなか開演すると、「お伽倶楽部の歌」（巖谷小波作詞、東儀鉄笛作曲）が会場を満たした。武彦、小波、木戸忠太郎、笹野豊美（朝海小学校の校長）が出演し、童話を口演した。子どもに入場料をとることへの批判や、架空の話を子どもに聞かせることへの懸念が根強いなかでの開催であったが、口演童話は子どもたちの心を惹きつけ、大会は大盛況に終わった。

閉幕後、武彦は腸チフスであったことが分かり、入院した。七十日ほど入院したため、口演童話会も四月は休会となり、五月から再開することになった。

五月の第二回口演童話会では、武彦と小波の他、日露戦争の実践記録である『肉弾』を出版したばかりの櫻井忠温《さくらいただよし》（陸軍軍人・作家、一八七九〜一九六五）が登壇した。口演童話会は、最初はお話のみだったが、回を重ねる内に、お伽芝居、音楽演奏、童謡、狂言、レコード鑑賞、手品など、多彩なプログラムが組み込まれるようになった。

同年九月、小波は武彦を博文館に迎え入れ、愛読者のために口演童話会を行う「少年世界講話部」を設置した。

武彦が担当主任となって、「少年世界幻灯隊」と名乗った。幻灯機は現在のスライド映写機の原型である。武彦は、幻灯機の機材を用いて博文館の編集部の光景や記者の顔写真、世界各国の様子、動物園、運動競技の活動写真などを映しながら説明できるように用意した。費用は無料、学校から要望があれば全国各地どこへでも行くと宣伝した。

十月十三日、東京牛込区の津久土小学校で第一回の幻灯会を開いた。機材類を馬車に積んで運び、武彦ら四名に先だって、機械部の専門家が出向いて設置をし、幻灯を通して二百余枚の映像が映るように準備した。この日は雨の中、千五百人の子どもが集まった。二十七日には、同区の市ヶ谷小学校で二回目が開催され、二千人が集まった。全国各地から幻灯隊の訪問を希望する声が『少年世界』の編集部に寄せられた。

「鈴木、聞いた？うちの町にお伽幻灯隊が来るって！」

「え？　お伽幻灯隊？　少年世界の、あの尾上新兵衛さん？」

「うん！」

「本当？　どこ？　どこで？」

「芝居小屋！　ごめん、おれ行く」

「待って、おれも行く！」

十一月十六日、幻灯隊は山梨県甲府市へ向かった。甲府市の小学校を回りながら幻灯会を上演し、武彦はドイツのお話をした。武彦が訪れた甲府市には、お伽倶楽部の支部が設立された。その後東北地方を回った結果、三カ月で六千人を超える子どもたちが幻灯会に集まった。

明治四十（一九〇七）年の年が明けると、一月には大阪へ、四月には京都へ向かった。四月七日、京都お伽倶楽部の発会式に出席した武彦は、当日の午後七時、上京の小学校で幻灯会を開いたが、開演して一時間も経たないうちに幻灯機が故障し、会場が真っ暗になってしまった。

「困ったな、まだ直せないのか」

「あの、先生。幻灯はまた見ることもありますので、お話をしていただけないでしょうか」

「お伽噺をしてください！」

「よーし、人間の寿命という、イソップ物語を一つ話しましょうか」

翌日、武彦は応援に駆け付けてくれた小波と黒田湖山《くろだこざん》（小説家、一八七八〜一九二六）と三人で、清水寺へ出かけた。山門前の茶店で、黒田湖山が大きな提灯を指さし、顔色を変えた。見ると、店看板には、大きな文字で「舌切り餅」と書いてある。

「縁起でもないなー、これから舌を動かしてお伽の種を蒔《ま》こうというのに、今ここで舌を切られては、どうにもなるまい」と、小波は遠慮した。

「いくら舌切り餅でも、お腹に入れば一緒です。食うに限ります」

武彦は、「うまい、うまい」と言いながら、一皿ぺろりと平らげた。

その夜は下京の小学校で幻灯会を開くため、機械係を早めに会場に行かせて用意しておいたが、いざ上演になると、またも幻灯機が故障してしまった。

「先生、幻灯はいいので、お伽噺をしてください」

ここでもお話をせがまれ、武彦は「人間の寿命」を、小波は「四本の角」を話した。度重なる幻灯機の故障という事情もあったのだが、お伽噺を語り聞かせる「口演童話」という新しい文化は、幻灯よりも珍しく思われ、歓迎されたのであった。

お話を聞きたいという多くの子どもたちの思いを一身に受け取った武彦は、お話一本で子どもたちの前に立つ決心をした。

当時小波は、『世界お伽噺』を執筆中で、毎月一作ずつ発表していた。毎回新作童話を演題に口演を試みる小波と、毎回同じ話を繰り返し演じることで上達を図った武彦は、お互いの話を批評し、口演童話の研究に励んだ。


少年世界講話部設立の一年目は、幻灯機材を担いで東北地方を巡回したが、二年目からは口演童話のみで中国から九州地方を巡回、三年目は北陸地方を、四年目は近畿地方を巡回した。武彦が歩いた後には、次々とお伽倶楽部の支部、もしくは類似団体ができた。

武彦はお伽芝居にも力を入れた。川上一座のお伽芝居が一時休止状態となっていたため、自ら日本初の専門児童劇団である「東京お伽劇協会」を結成した。劇団員には、日本の五大お伽噺にちなんで、天野雉彦、月宮兎麿、石川木舟、渡辺蟹哉、増永桃三、川田杵男などの名前をつけた。挿絵画家として有名な高畠華宵《たかばたけかしょう》（画家、一八八八～一九六六）も、上京したばかりの頃、劇団の一員として活動していた。お伽劇団の看板画は、いつも武彦の親友である鏑木清方《かぶらききよかた》（美人画の大家、一八七八～一九七二）にお世話になった。

明治四十（一九〇七）年三月九日、東京神田青年会館で、お伽倶楽部創立一周年記念口演童話会を開催したが、そこで、武彦が舞台監督を務めた「小羊の天下」（巖谷小波作）のお伽芝居も初上演された。

「蛙さんの笛」「新桃太郎」「新かちかち山」など、自ら脚本も多数書いた武彦は、地方を訪れるたびにお伽芝居を指導し、その普及に努めた。

少年世界講話部の活動　明治42年7月　富山
前列中央右・武彦　左・小波

お伽劇桃太郎のポスター　明治40年9月

静岡富士青年会運動場にて　明治42年7月

6．世界一周の旅

明治四十一（一九〇八）年三月十八日。

「久留島先生！　お体に気を付けてください！」

「久留島君、薬！　薬！」

「尾上新兵衛君、万歳！」

「久留島先生、万歳！」

「お父様、ばんざーい！」

悪天候のなか、新橋駅のプラットホームは人波を打つ大混雑だった。手を差し上げてしきりに招いている巖谷小波、手を振っている松村海軍少佐、薬の包みを手渡す藤澤《ふじさわ》浅《あさ》二郎《じろう》（俳優、一八六六〜一九一七、武彦の不在中、東京お伽劇協会を託される）、欧米各地の青年会幹事宛の紹介状一束を渡す東京基督教青年会の理事と書記、人の肩越しにハンカチを振る黒田湖山、万歳を叫ぶ七歳の福子。みんな世界一周の旅に出かける武彦を見送っていた。汽車が動き出すと、誰かが生後四十五日の次女、不二子（明治四十一年二月二日生）を高く掲げた。新橋駅を発った武彦は、横浜駅を経由して波止場に着いた。波止場では、武彦が寄贈した楽隊の演奏が場を盛り上げていた。

波止場から小蒸気船に乗った武彦は、一万四千トンの汽船モンゴリア号に乗り込んだ。

この九十六日間の民間初世界一周観光旅行は、朝日新聞社が企画し、イギリスのトーマス・クック社が現地手配をした。関東から十八名、関西から三十八名の合計五十六名が参加し、「世界一周会」と呼んだ。関西北浜の相場師とその家族、繊維業界、私立銀行家、時計貴金属商など、当時目覚ましい成長を遂げていた職業の人が主に参加した。旅行費用が一人当たり二千三百四十円、現在の貨幣価値で千百七十万円もする豪華な旅だったからである。

新聞社側から世話兼案内係として、東京朝日新聞社から杉村《すぎむら》楚人冠《そじんかん》（新聞記者・俳人、一八七二〜一九四五）が、大阪朝日新聞社から土屋元作（一九〇二年三月に大阪毎日新聞社を退社し、一九〇四年四月に大阪朝日新聞社に入社）が参加した。武彦は、通訳としてこの旅に加わることができた。武彦の堪能な英語力とユニークさを高く評価した土屋元作の推薦によるところであった。この三名の他、言論人としては井手三郎《いでさぶろう》が参加した。井手は、明治三十一（一八九八）年、東亜同文会の上海支店長に就き、武彦が上海に渡った明治三十三（一九〇〇）年には、上海で『同文滬報』を刊行していた人物である。

船室は原則二人部屋の一等船室であった。三十歳の若さでありながら現在の貨幣価値で三百億円以上の資産家になっていた野村徳七《のむらとくしち》（野村證券の創業者、一八七八〜一九五四）は、乗船初日に特別室が空いていることを知ると、五百円の追加料金を払って、高倉藤平《たかくらとうへい》（北浜の相場師）と一緒に部屋を替えた。特別室は、広くて食堂も近かったため、夕食後は大勢が遊びに来た。武彦は、野村と気が合った。活力に満ちた二人は、聞き上手、話し上手、行動力と、共通点が多く、毎晩のように夜が更けるのを忘れ、語り合った。

出港から五日間は悪天候が続き、船酔いで体調を崩す会員が続出した。三月二十四日、やっと好天気に恵まれると、武彦は「甲板大運動会」を提案した。同乗していた各国の人々も参加し、三百名近くが甲板上に集まった。武彦は日本側の実行委員となって、三日連続で執り行った。日本にいれば、堅苦しくとりすましているはずの名士たちが、甲板の上を片足でぴょんぴょん跳んだり、高く架け渡した丸棒にまたがって枕を叩き合ったりして、子どものように楽しくはしゃいだ。この運動会を通して、長旅に向け出発する会員たちの気持ちは一つにまとまった。

三月二十七日、ハワイのホノルルに着いた。市内観光後、アレキサンダー・ヤングホテルで晩餐会があった。食事中、武彦はトーマス・クック社のクローソンを一同に紹介した。

「みなさん、クローソンという名前は、日本人には大変発音しにくい名前です。これからは、オジサンと呼ぶことにしましょうか」というウィットに富んだ武彦の言葉に、一同は喝采を送り、「オジサン、ありがとう」と、口をそろえて言った。

翌日ホノルルを後にし、四月一日のエイプリルフールを船内で迎えた。朝食の席で、杉村楚人冠が日本にはまだ定着していないエイプリルフールについて説明した。その後しばらくして、船内のあちこちから、「やられた!」「しまった!」という笑い声が相次いだ。

一番ひどく騙されたのは、武彦であった。ほうきを死人のように仕立てて、武彦が食事に行っている間に、ベッドの中に入れられていたのであった。総勢八名による大作で、武彦はみんなの期待を裏切らない大きなリアクションで驚き、笑いを与えた。

航海中、一周会の愉快な活動は続いた。土屋元作の思いつきによって、芝居を演じることにしたのだ。モンゴリア号からちなんで「蒙古座」と名づけ、「蒙古座男女合同大演劇」と銘打って「仮名手本忠臣蔵」を演じた。五十六名全員が何らかの役を受け持ったが、最も上出来で拍手喝采を受けたのは、梅原柳子（後の衆議院議員梅原亀七の妻）と野村徳七であった。

四月三日、サンフランシスコに上陸した時には、武彦がいたずらで野村徳七と野村美智子が夫婦だと吹聴したため、その噂を聞いた美智子の夫である野村洋三（横浜サムライ商会）の知人が、野村洋三夫妻がいるのだと勘違いし、わざわざ訪ねてくるハプニングがあった。一周会には、野村洋三は参加せず美智子だけが参加していた。

四月五日、一周会一行はサンフランシスコからフェリーでオークランドへ渡って、ソルトレークを観光した。上陸時に船から持ち出せなかったトランク類が税関から到着したため、一行が観光をしている間、武彦は税関に行って通関の手続きを行った。

八日、ロッキー山脈を超え、翌日シカゴに着いた。十二日、列車で夜通し走り、翌日ナイアガラを観光、十四日、ボストンに着いた。十五日、ハーバード大学を見学、十九時には汽船プロビデンス号に乗って、翌日ワシントンに着き、ホワイトハウスなどを見学、チャールズ・フェアバンクス副大統領に面会した。翌日はルーズベルト大統領にも面会できた。

そして四月十九日、日曜日の十六時、ニューヨークに到着した。翌日の午前中、ダウンタウンを見て回った後、証券取引所の内部を参観した。野村や高倉など、相場師の関心は専らここにあった。

一周会一行は二十三日、今度はセドリック号に乗船してイギリスに向かったが、野村徳七、高倉藤平、南熊夫の三人は、ニューヨークに居残って二十八日まで証券取引所や仲買店などの現場を視察してから、ロンドンで一行と合流することになった。野村は、ニューヨークのブロード街の仲買店を訪れた時、ロンドンシティと直通の電話が何本も設置されていて、十分ごとにロンドン市場と連絡を取り合っていることや、完璧に設備された調査部の統計資料がそのまま国の財務省でも利用されていることに驚き、夜も眠れないほど興奮に包まれた。

五月十二日、一周会はロンドンを離れてパリに向かったが、野村ら三人は、またロンドンに居残って視察を行った。そして、一周会より五十日遅れた八月十日に帰国した。

一方パリに着いた一周会は、エッフェル塔やルーブル美術館、ノートルダム寺院、ベルサイユ宮殿などを観光してから、五月十七日、寝台列車に乗ってパリを発った。ジェノバを経由してローマに着き、コロッセオ、バチカンなどを観光、ナポリ、ポンペイ、ヴェネツィア、ミラノ、そしてフランクフルト、ベルリンを経て、六月二日、寝台列車でロシアの国境駅のヴィルバルレンを通過。ペテルスブルク、モスクワを経て、十日、チェリャビンスクからシベリア鉄道に乗った。世界一周旅行も終盤を迎えていた。

十二日の二十一時、クラスノヤルスク駅の手前、名も知らない小さい停留場で、はたと汽車が停まった。

「鐘がなるまでは、降りてもいいよね」
「あーぁー、少し歩いて腰でも伸ばそうか」
「九時というのに、まだ明るいねー」
「土堤だ、おっ、久留島君が上がってるよ」
「よーし、俺も上がってみようか」

一同は土堤の上へ駆け上り始めた。上手に上がる人もいれば、転げる人もいた。やっと半分上がって、上の人に引っ張り上げてもらっている人もいた。婦人らも上がった。土堤の上に立つと、果てしないシベリアの雄大な青野原が眼下に広がった。

「がーん、がーん」と、鐘が二つ鳴った。
「おーい、出発するぞ！」

「はやく戻れよ」

一同が汽車に乗ると、「がーん、がーん、がーん」と、三つ鐘が鳴って、それと同時に汽笛が「ぴー」と鳴って、汽車が動き出した。

六月十八日、一行はウラジオストック駅に着いた。そこから大阪商船の鳳山丸に乗り込み、二十一日、敦賀《つるが》港に入港した。午前十時、敦賀ホテルで朝日新聞社主催の午餐会が開かれ、正午過ぎに散会となった。武彦は、杉村楚人冠、土屋元作、井上徳三郎《いのうえとくさぶろう》（井上農場の設立者）と四人で写真館に立ち寄り、記念写真を撮影してから帰宅した。

東京に帰った武彦は、旅行中、一周会一行の通訳兼世話係の任務の間に、隙間を見つけて集めて来た各国の児童文化関連資料を一点ずつ取り出しながら、今後日本での児童文化活動にどう生かせるか考えると、胸が弾むばかりであった。

世界一周の旅　ホノルル、ヤングホテルにて　明治41年3月27日

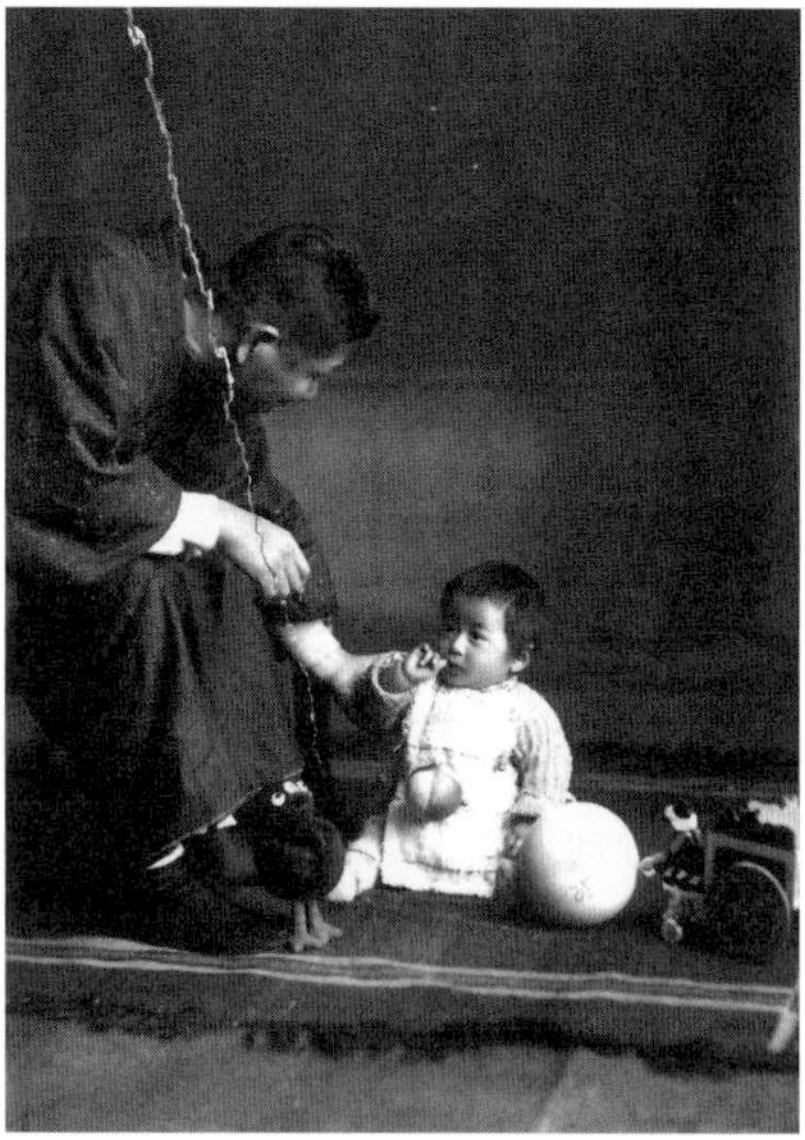

次女・不二子と

7. 早蕨幼稚園

門司で一番広い稲荷座《いなり》が子どもでいっぱいになった。明治四十一（一九〇八）年十月十五日、千五百人の子どもを前に、武彦は「黄金の猫」という話を口演した。世界一周の旅から帰って来た翌月から、お伽倶楽部の月例会である口演童話会と、少年世界講話部の活動を再開した。巖谷小波と一緒に口演旅行に出かける日が続いた。行く先々、雪崩のように子どもたちが集まってきて、夢中になって話を聞いた。大阪に立ち寄った時は、帰国したばかりの野村徳七に会ったが、ゆっくり話す暇もなく、京都、岡山、広島、門司、中津、博多、久留米、熊本と巡回し、口演童話を行った。この二十三日間だけで四万二千人の子どもが集まった。同年十二月一日には、東京に日本初全席椅子の洋風劇場、有楽座が開場し、毎週土日と祭日を「子供デー」にして、武彦の口演童話会と同じように、口演童話とお伽芝居を上演し始めた。口演童話とお伽芝居が、児童文化の一ジャンルとして定着しつつあったのである。

翌年の三月、箱根の塔之沢《とうのさわ》温泉にある環翠楼《かんすいろう》で、世界一周旅行の一周年記念会が二日にわたって開かれた。大騒ぎの後、武彦が少しくたびれてひっくり返っていると、マラソン大会からの帰り道だといって、押川春浪《おしかわしゅんろう》（小説家、一八七六〜一九一四）と吉岡信敬《よしおかしんけい》（早稲田大学の応援団長一八八五〜一九四〇）が飛び込んで来た。吉岡信敬は、「虎鬚彌次将軍《とらひげやじ》」と呼ばれ、当時、乃木《のぎ》希典《まれすけ》や葦原金次郎《あしはらきんじろう》と並んで「三代将軍」と呼ばれていた人気者であった。二人の猛者の乱入によって、再び場は騒ぎ立てられた。武彦のかけ声で、金《かね》だらいの底たたきも始まった。みんなが調子に乗って、金だらいに飼葉桶《かいばおけ》や風呂桶なども取り出して踊り出した。賑やかな夜であった。

翌朝、武彦と野村徳七は、テーブルを囲んで去年の世界旅行について話し合った。

「向こうの証券会社をのぞいて、びっくりしました。日本の株屋は、全く時代おくれですわ。何から何まで改めないといけません。調査部強化、株主大衆化のための宣伝、人材、この半年間、うちは大改革でしたよ」

「視野を世界におくべきですね」

「そうです。狭い日本でちまちましていたら、あきまへん」

「そのためには、人です。人を育てないと。店のためには、まず店員を教育することです。言葉遣い、服装、身だしなみと、礼儀作法からです」

野村は、目を光らせながら座りなおした。

「久留島さん、うちの店員どもに、一つお話を聞かせてくれませんか？」

武彦はさっそく大阪に飛んだ。二十数名の野村商店の全従業員を対象に、講演会を開いた。そして従業員の夫人たちを集め、子育てに関する講演会も開いた。誰よりも武彦の教育理念に傾倒したのは、野村、本人であった。読書家で知られる武彦は、野村商店の従業員に読書を奨励し、週二回、読書会を設けて知識の啓発につなげるように指導した。この読書会は、何年も続けられ、野村倶楽部へと発展した。後に野村は、「繁忙の中から今でも五、六冊の書籍をかかえて、静閑の地を選んで数日間専念読書に親しまんとする習慣は、全く久留島先生の教化によるものと衷心から感謝しております」（野村徳七『つたかつら』より）と回顧している。また、ミネ夫人が武彦以上に児童教育に対する深い理解と情熱を持っていることに心から感銘を受けたことも明かしている。

毎日のように口演童話を演じていた武彦は、口演の対象である子どもについて研究するようになった。子どもに、より良いお話を聞かせるためには、話術だけではいけない、子どもの心を知らなければならないと思った。児童心理の研究材料として玩具にも興味を持ち、地方を訪れるたびに郷土玩具を集めた。当時、「おもちゃ博士」と呼ばれていた清水晴風《しみずせいふう》（一八五一～一九一三）とも交流を重ね、玩具研究会である小児会を自ら立ち上げた。親交のあった柳田國男《やなぎたくにお》（民俗学者、一八七五～一九六二）にも研究材料を提供するほど、武彦の収集した郷土玩具の数は厖大なものとなった。玩具研究が深まるにつれ、子どもに常に接触できる研究機関の必要性を感じた武彦は、幼稚園の設立へと乗り出した。各方面から協力者が現れ、野村徳七も必要な資金を快く援助してくれた。

幼稚園の名前は、『日本書紀』にみえる少子部蜾蠃《ちいさこべのすがる》が育児の神様であることにちなんで「少子部《ちいさこべ》」にしようとも考えたが、最終的に「早蕨《さわらみ》」にした。明治天皇の女官、柳原愛子《やなぎわらなるこ》（大正天皇の生母）の官名である「早蕨の典侍《すけ》」の「早蕨」からいただいて付けた名前であった。ミネ夫人が「早蕨の典侍」に仕えたことがあり、そのご縁から柳原愛子にお願いし、許しを得て園の名前にしたのである。武彦は、柳原愛子の姪にあたる柳原白蓮《やなぎわらびゃくれん》（大正三美人の一人といわれた歌人、一八八五～一九六七）や白蓮の兄、義光とも晩年まで交流を持った。柳原義光はお伽倶楽部の会長でもあった。

明治四十三（一九一〇）年五月五日、東京千駄ヶ谷に「お伽倶楽部附属私立早蕨幼稚園」を開園した。日本に幼稚園令が制定されるのは大正十五（一九二六）年のことである。早蕨幼稚園の開園当時、日本中には四百四十三園しか幼稚園がなかった。武彦は東京女子師範学校の保母養育所を卒業した保育士を採用し、児童教育の専門性を追求した。

武彦が掲げた保育の二大目標は、「強い個性の建設」と「固い共同一致の訓練」であった。子ども一人ひとりの「個性」を尊重し、共に生きるための「調和」を大切にすることであった。武彦の教育理念は、「相頼《あいたよ》り相助《あいたす》けていく共同共生の精神」を意味する「桃太郎主義」に集約されていた。「桃太郎主義」の象徴である犬張子のマークも制作した。子どもの湯飲みや茶わんなど、幼稚園で使うあらゆる子ども用品にその犬張子のマークを入れた。犬張子を描いた園の旗も作った。園児が登園して園内にいる間はその旗をあげ、園児が帰って園が閉まると旗を下ろした。この儀式には、早蕨幼稚園が犬張子に守られた安全な遊び場であってほしいという武彦の願いが込められていた。

早蕨幼稚園では、登園する時、園児の洋服やエプロンに犬張子のマークを付けるようにした。お守りの意味の他に、幼稚園の一員としての共同体意識を感じさせるためであった。登園すると、天気の良い日は運動場に出て旗竿の前に立たせた。組別に整列し、十数回深呼吸をさせた。子どもが自分の体に集中し、幼児期に多い風邪の症状にも自ら気付くように指導したのであった。深呼吸の後、子どもたちは旗竿に向かって姿勢を正し、「旗揚げの歌」を歌った。部屋に入ってからは、みんな集まって朝のあいさつをした。それから園歌を歌った。その後、三十分ほど朝礼の時間を設けた。この時間を大切な訓育の時間とし、色んなお話を聞かせた。子どもの遊びとしては、砂遊びのような、想像力を要する活動を多く取り入れ、子どもの感情を最優先に考える情緒教育を目指した。

英語教育も実施した。ウェンライトの妻であるマーガレット夫人（Margaret Miller Todd）を招聘《しょうへい》し、ネイティブによる英語教育を行った。「イートン英語学校」も開設し、グローバル化に対応するための英語教育に力を入れた。また、嘱託医もおいた。随時必要な検診をし、定期的に健康診断を行った。子どもの健康状態や発育・発達状態、疾病の有無を把握するための取組は、現代の幼稚園児の健康管理とも変わらぬほど進んだものであった。

「保母さんの仕事は、一人の人間の、人格の基礎を育て上げることです。これは、神様の働きと同じことです」

園長先生になった武彦は、保育士たちに話し続けた。

「おもちゃや運動用品の買い入れ、遊戯の選択や順序など、いっさいはあなた方にお任せします。

みなさんはつとめて園長を教育してください。園長である私は、つとめてみなさんの意見を聞きます。一つだけ、みなさんにお願いがあります。もし不愉快なことがあったら、遅刻をしてもいいから、園の門をくぐるまでに忘れてください。園の門をくぐる時は、愉快に笑っていてください。保育するということは、感応《かんのう》するということです」

ある日、武彦が口演旅行のため、二日間幼稚園を留守にした。次の日、武彦を見かけた園児が駆け寄って来た。

「先生、一つも二つも、どこに行っていたの?」

すると武彦は、「先生は一つも二つも他所に行って、あなたと一緒にいなかったけど、これから三つも四つも一緒にいて、遊んであげましょうね」と答えた。子どもの間違った言葉を指摘して正すのではなく、子どもの目線で話し合い、温かい愛情を伝えたのである。幼児期の子どもと話す時に一番大事なことは、子どもを信じて向かい合う心だと、武彦は思っていたからである。

保護者との間でも信頼が高まった。口コミが広がり、年々入園希望者が増えた。大正四(一九一五)年十月には、代々木に早蕨第二幼稚園を開園した。全国各地から参観者も多かった。

それに従って、犬張子をシンボルマークとし桃太郎主義を掲げた武彦の幼児教育は、各地に広がっていった。

大正四（一九一五）年、東洋大学を卒業した徳本達雄（一八九三年〜一九六七）は、地元である福井県敦賀市に帰り、その翌年に早翠《さみどり》幼稚園を開園した。その際、武彦から描いてもらった犬張子の絵を幼稚園のマークにした。教材を創作工夫して自給することになった早翠幼稚園は、やがて昭和二十四（一九四九）年一月、株式会社ジャクエツを創立し、教材の生産を始めた。犬張子はジャクエツの社章となって今もなお生き続いている。早翠幼稚園の他にも、尾上《おのえ》幼稚園（福井、大正四年創設）、微妙《みみょう》幼稚園（広島、大正十三年創設）、稲佐《いなさ》幼稚園（長崎、昭和二年創設）等が犬張子を幼稚園のシンボルマークとした。

早蕨幼稚園は昭和二十（一九四五）年の空襲で全焼し、やむを得ず閉園するまで、数多くの子どもたちを育てた。太陽の塔で有名な芸術家の岡本太郎《おかもとたろう》、女優の細川《ほそかわ》ちか子、作家の戸板康二《といたやすじ》、東京急行電鉄社長の五島昇《ごとうのぼる》、虎屋社長の黒川光朝《くろかわみつとも》、津村順天堂社長の津村重舎《つむらじゅうしゃ》など、桃太郎主義の教育を受けた早蕨幼稚園の子どもたちは、社会の各方面で輝く大人になった。

早蕨幼稚園にて

早蕨幼稚園　保育証書　大正3年3月25日

8．アメリカへ

「この近くに、金太郎が生まれた屋敷があるんだよ」

汽車が箱根にさしかかると、武彦が真面目な顔で話した。

「うそー」と、子どもたちはろくに聞かない。

武彦は真剣な顔で説明をするのだが、誰一人聞く者がいない。


明治四十四（一九一一）年一月三日、午前八時五十二分に品川駅を出発したお伽旅行団は、少女班、少年班、青年班に分れて座り、おしゃべりをする者、歌う者、叫ぶ者と、大はしゃぎであった。汽車で片方の靴を失くした巖谷小波は、四十二歳の厄年のせいにしながら、「お伊勢参りは遠慮しよう」とつぶやいていた。その横で、お地蔵さんのような笑顔を浮かべ、窓の外の雪景色を眺めているのは、上京したばかりの大井冷光《おおいれいこう》（一八八五〜一九二一）であった。武彦に師事し、富山日報社を退社して来た大井は、童話の道を歩んでいく喜びに満ちていた。大井は上京早々、武彦が立ち上げた日本初の話し方研究会である回字会《かいじかい》のメンバーになった。回字会は、童話を主な手段にして、話し方について研究する団体であった。大井は、「回字会の、名の由来は何ですか？」という自分の質問に対して、丁寧に答えてくれた武彦の言葉を思い出してみた。

「字のごとく、口の中に口あり、口の外に口ありだよ。外の口は鼻の下にある普通の口、中の口は、精神の充実した声だよ。これは、目に現れると思う。目は話すことと重大な関係にあるけど、それを働かせるのは中々難しい。難しいだけに、それが持つ力は大きい。日本人は、目で読もう聞こうとばかり思っていて、目で言おうということをしなかった。相手に深大で、強烈な印象を与えるためには、目の力を意識して、目の働きに心がけるべきだよ」

「目の力をつけるためには、どうすればいいですか？」

「魂だよ！　水晶のように、魂をきれいに磨き続けること、自己修養に限ると私は思う。だって、童話はあくまでも、人と人の魂が直接触れ合うものじゃないか。子どもの前に立って話す人は、話すそのことによって以前より変わっており、だんだん聖《きよ》められていく人でなければならない」

大井は唾を飲み込み、覚悟を決めた。

武彦の家に寄宿した大井は、早蕨幼稚園を手伝いながら、園児を対象に口演童話を行った。誠実な人柄の大井を信頼した武彦は、お伽倶楽部の機関誌として創刊した少年雑誌『お伽倶楽部』の編集を大井に一任した。

その年の六月十日、『お伽倶楽部』の第一号が発刊された。『お伽倶楽部』では、各地のお伽倶楽部の活動や童話などの子どもの読物、そして外国の情報を数多く掲載した。特に、まだ日本に入っていないボーイスカウト運動を積極的に紹介した。

明治四十一（一九〇八）年、イギリスのロンドンでベーデン・パウエルが出版した『スカウティング　フォア　ボーイズ』がベストセラーとなり、イギリス各地で少年たちがボーイスカウトの服装をして自発的にパトロールをする、いわゆるボーイスカウトという青少年運動が起こった。その運動は急速にヨーロッパ各地へ広がり、明治四十三（一九一〇）年からはアメリカでも盛んに行われていた。武彦は、自分が掲げた桃太郎主義と相通じるボーイスカウト運動に賛同し、青少年の健全育成のため、日本にも取り入れたいと思った。

夏、アメリカから一通の手紙が届いた。セントルイスに帰っていたウェンライトからのもので、一度アメリカに視察を兼ねて来てみないかという誘いであった。武彦は、自費によるアメリカ行きを決断した。

明治四十四（一九一一）年九月二十六日、十五時発の地洋丸に乗って、一人アメリカへ旅立った。出発二日前、文部省から通俗教育調査の委託依頼の許可がおりた。十月十二日、サンフランシスコに到着した。「よーし、今日は、コロンブスが北アメリカ大陸を発見した日だぞ」と、三十七歳の武彦は意欲に燃えていた。

到着して間もない頃、サンフランシスコで、幸運にもボーイスカウトの行進を目撃することができた。ボーイスカウトの視察をこの旅の大きな目標に掲げていた武彦は、その様子を撮影し、紹介記事とともに雑誌『お伽倶楽部』に掲載するために、日本の大井冷光へ送った。


セントルイスでは、ウェンライト夫妻と嬉しい再会を果たした。ウェンライトの紹介を受け、学校、図書館、博物館などを視察し、アメリカ人の学校や日本人学校を訪れて、講演及び口演童話を行った。


「みんな見て！これはアメリカの新聞なんだけど、園長先生が載ったんだよ」

「ほんとだー、園長先生だー」

「園長先生はアメリカでもお話をしているの？」

武彦の活動を大きく取り上げた「セントルイス・タイム」という新聞が早蕨幼稚園に届いた。園児たちに囲まれたミネ夫人と大井は、何度も何度もその新聞を眺め、ほほ笑んだ。

十一月十五日、セントルイスを離れた武彦は、二十七時間三十分かけてワシントンへ移動した。図書館を視察し、アメリカの図書館にはストーリー・テーリングの部屋とか、カウンセリング室があることを知り、「お話」が社会教育制度に組み込まれていることに感心した。教育展覧会にも足を運んだ。ワシントン学務局長の案内で、小学校一、二年生の授業も参観した。そして、十七日、フィラデルフィアに移動し、六日間滞在してから、二十三日、ニューヨークに移った。

一人ぼっちの外国生活は寂しい。懐が寂しいとなおさらである。精力的に動いていた武彦も段々心細くなり、やがてはホームシックにかかって寝込んでしまった。

ホテルの小さな窓越しに外を眺めていたある日、窓の下を通りかかった花売りの手押し車に菊の花がいっぱい積まれているのが見えた。菊の花が日本そのものに感じられた。たまらなくなった武彦はふらふらする体で下に降りて行き、菊の花を買って部屋に戻るやいなや、花の中に顔を埋めて泣いてしまった。

翌日、落ち込んでいる武彦のところへ、世界一周の旅行で世話になったトーマス・クック社のクローソンが訪ねて来た。クローソンは小さくなった武彦をしばらくじっと見ていた。

「タケヒコ、人間は三つの力を持っている。第一はお金の力、お金があればどんなぼんくらでも仕事をする。しかしその力は君にも僕にもない。もう一つは地位、家柄がいいとかいう地位、身分の力だ。これも非常に大きい力だが、君も僕も持っていない。しかし第三の力がある。これはお前も僕も持っている」

「それは何ですか？」

「考えだ」

「考え？」

「思想は力なりという言葉がある。考えはね、ダメだと思ったらダメなことばっかり教えてくれる。しかし、なんとかなるだろうと思ったら、なんとかなることを教えてくれる。考えは人がくれるものでも、人が作るものでもない。自分が作るものだ。明るい方へ、明るい方へと、なんとかなると考えれば自然にそういう方法も見つかってくる。これほど力の強いものはない」

武彦は体の奥底から力が湧いてくるのを感じた。

明治四十五（一九一二）年をニューヨークで迎えた。ミス・ガーナーに招待された新年会で、同席したミス・レーソンから、ドクター・ワイチという口演童話の名士を紹介してもらった。

「私は、師範学校の教師に童話の話し方を教えているのですよ」と、ワイチが言った。

「子どもに直接お話をすることもありますか？」

「もちろんです。多い時は、まぁー三百人くらいで、今まで一番多かった時は、なんと六百人も集まったんですよ」

「私も日本で童話を口演しているんですが、去年一年で、二十三万人に話しました」

「なに？　何ですって？　二十三万人？　信じられない。お話を聞くために、そんなに子どもが集まって来るんですか？　いったい、一度に何人くらいの子どもが集まって来るのですか？」

「去年一番多かった時で、一万八千人もの子どもが集まりました」

「オーマイゴッド！　日本って、お伽の国なのですね！」


武彦も驚き、気付いた。この視察旅行を通して、自分が巖谷小波と共に拓《ひら》いている口演童話活動が、世界に類例を見ない、特殊な発達を果たしているということを初めて知ったのであった。今までやって来た童話の口演を通した社会教育実践への確信と、その普及に向けたこれからの課題で胸がいっぱいになった。

二月十一日、モンゴリア号に乗った武彦が横浜港に帰って来た。百三十七日間のアメリカ視察の旅であった。武彦が帰国して間もない四月十五日、タイタニック号が沈没したというニュースが日本国内に飛び込んだ。長旅を無事終えたことを改めて感謝した。

帰国後、文部省から委託依頼を受けていたことに対して、児童文化問題や婦人問題、一般民衆の教育に関する調査資料をまとめ、提出した。そして、この旅を通して得た視察内容を各雑誌に投稿した。

帰国後は講演依頼が殺到したため、早蕨幼稚園をミネ夫人に任せ、子どものための「口演童話」と、大人のための「講演」に追われる日々となった。しかし、多忙な時間を割いて、早蕨幼稚園では週一回「園長先生の時間」を設けて園児たちにお話を聞かせた。

講演を通しては、アメリカの社会教育は日本のように個々別々ではなく、講演、図書館、美術館、博物館、動物園、植物園、それに展覧会などを通して組織的に成り立ち、つながっていることを伝え、図書館や博物館の制度、講演の必要性について訴えた。中でも社会教育のためには講演が最も有効であることを強調し、講師の育成を唱えた。ラジオやテレビなどのマスメディアがない時代であった。情報を伝える媒体は、新聞や雑誌などの印刷物に頼っていた。日本全国津々浦々を歩き回った武彦は、講演を通して新知識を渇仰《かつごう》する聴衆の要望を強く感じ取っていた。講演を、一種の精神的な事業ととらえた武彦は、情報伝達手段を兼ねた社会教育を担う良質な講師を育成し、中央から地方に派遣することを提唱した。

一方、口演童話を通しては、「信じ合うこと」、「助け合うこと」、「違いを認め合うこと」など、人が人として、共に生きていく上で必要な教えを、楽しいお話にのせて子どもたちに伝えていった。そして、機会あるたびにクローソンから教えられた「考えは力なり」という言葉を口にした。しかしある時、「どんなに良い考えを持っていても、継続しない考えは役に立たない」ということにふと気が付いた。それから武彦は、「継続は力なり」を自分の座右の銘にし、人々に伝えるようになったのである。

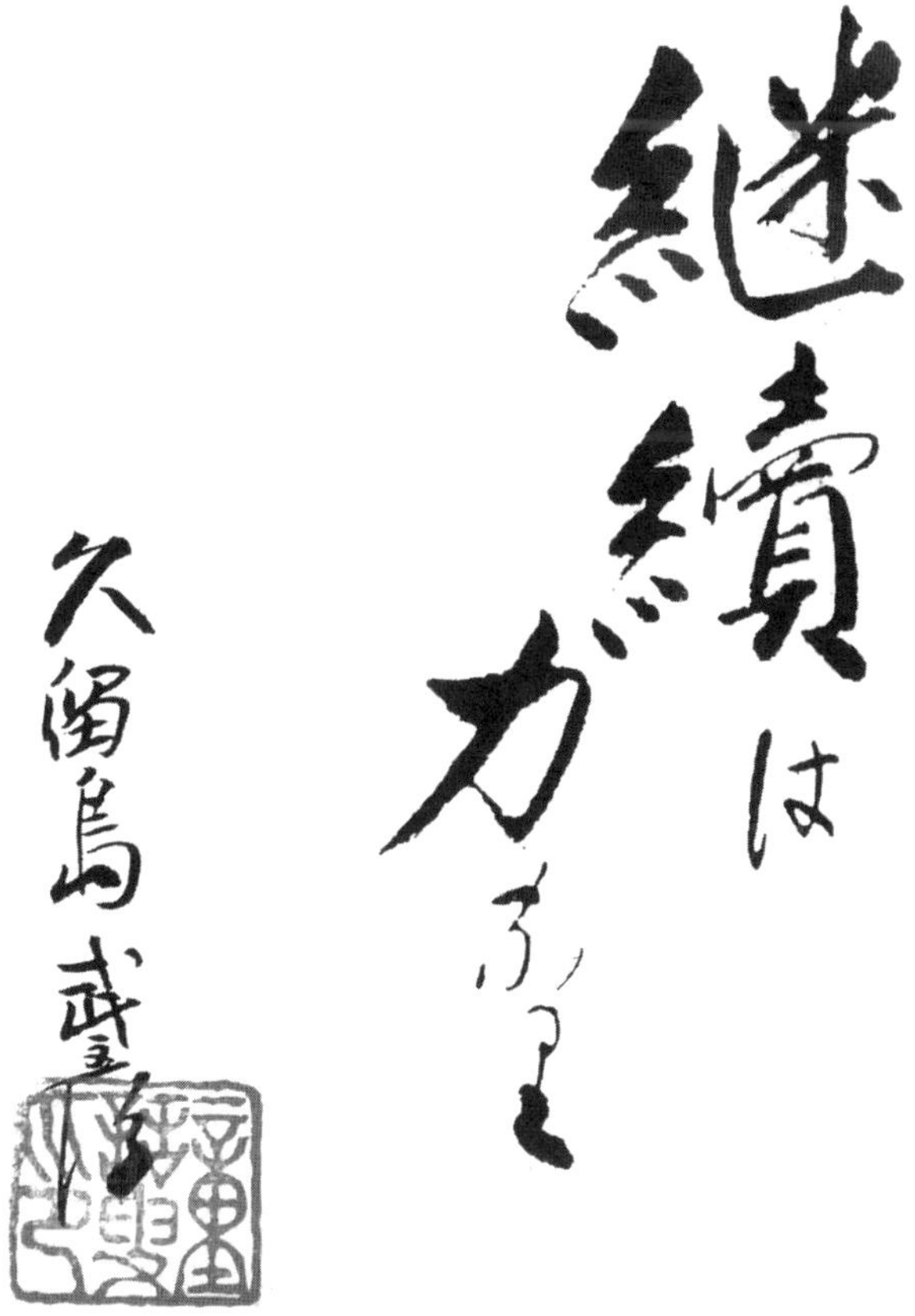
継続は力なり
久留島武彦

京城（現・ソウル）口演童話会
大正4年10月11日、武彦41歳

9．満州、台湾、そして朝鮮へ

「あなた、大変よ！　乃木大将様が殉死《じゅんし》なさったって！　奥様と！」

箸を持った手でミネ夫人から新聞を奪うように受け取った武彦は、立ったまままそれを読んだ。すぐには言葉が出なかった。テーブルの茶碗とお盆が目に入った。この茶碗とお盆は、乃木希典《のぎまれすけ》陸軍大将からいただいたもので、朱塗《しゅぬり》のお盆は、静子夫人が嫁入りの時に持ってきたものと聞いている。夫妻の温厚な姿が目に浮かんだ。胸からぐっと熱いものが込み上げてきた。明治天皇ご大葬の翌朝のことであった。世が変わり、大正時代になった。

大正二（一九一三）年の夏、武彦は島根にいた。島根県益田町の夏季講習会の講師に招聘《しょうへい》されたのであった。島根には、まだ汽車も自動車もなかった。人力車や馬車はあったが、時間の都合上乗ることができない。自転車で走ることにした。三十九歳の武彦は、炎天下、十里（約三十九キロ）の登り道を自転車で走り切った。会場はすでに人でいっぱいになっていた。休む間もなく、演壇に立った。

あくる日、三国座で子どものための口演童話会が開かれた。口演童話会が終わった頃、とぼとぼと歩いて来る子どもたちの群れが見えた。隣の村から歩いて来た小学生三十名であった。もうお話は聞けないと思ったのか、皆がっかりして頭《こうべ》を垂れている。

「みんなー、よく来てくれたなー、ほらほら、こっちに集まって！」

武彦はその子どもたちをすぐ舞台裏へ連れて行き、改めてお話を一つ聞かせた。満面の笑顔で帰る子どもたちの足取りは軽かった。この武彦の姿に心を打たれた岡崎久喜（島根県益田町の小学校校長、後に日本童話協会特別会員講師支部長となる）は、その後、武彦に師事し、口演童話の道に入った。


翌年の六月、第一次世界大戦が開戦したが、武彦は口演旅行を続けた。同年九月、満州口演旅行に出かけた。大連《だいれん》小学校で開催された口演童話会には、三千名を超える子どもたちが集まった。満州口演旅行は、今回が二回目であった。一回目は、明治四十三（一九一〇）年九月、満鉄地質研究所の所長を務めていた木戸忠太郎に招かれ、大連を中心に一日平均三回の口演をしながら満州を巡回した。

満州から帰った大正三（一九一四）年十一月一日には、箱根の紀伊国屋《きのくにや》温泉で、樺山資紀《かばやますけのり》（海軍大将、初代台湾総督）に面会し、樺山の幼年期の生活及び教育観について取材を行った。

大正四（一九一五）年二月、東洋協会の嘱託で台湾の産業、教育、交通、衛生などを調査する目的で、台湾へ渡った。翌大正五（一九一六）年には、南洋視察団が結成され、広く一般から希望者を募集したところ、高木友枝《たかぎともえ》（医学者）、坪谷水哉《つぼやすいさい》（博文館の編集主幹）、浮田郷次《うきたごうじ》（バタヴィア駐在領事）など、六十一名が集まった。武彦は野村徳七と新渡戸稲造《にとべいなぞう》（教育者、一八六二〜一九三三）とともに参加し、再度台湾に渡った。四月十四日、下関を発ち、基隆、台北、嘉義《かぎ》を回り、二十五日、打狗港《だぐこう》を出て、フィリピン、ボルネオ、スラウェシ、ジャワ島、マレー半島、インド、シンガポールを視察し、香港を経て、六月二十二日、神戸へと帰って来た。その次に台湾に渡ったのは、昭和三（一九二八）年九月のことで、台湾教育会及び愛国婦人会の招聘を受け、口演を行うためであった。その後にも、台湾博覧会を視察するため、昭和十（一九三五）年十月、台湾に渡ったのだが、それが最後の台湾訪問となった。

台湾を訪問した大正四（一九一五）年の秋、武彦は朝鮮半島へ渡った。日露戦争に従軍して以来、ちょうど十年ぶりの訪問であった。今回朝鮮に来た理由は、東洋協会朝鮮支部総会で講演をするためであった。

十月、京城には毎日申報社と京城日報社の主催で家庭博覧会が開催されていた。十月九日十六時に講演会が終わり、武彦は家庭博覧会を観覧するため、会場となった毎日申報社に立ち寄った。家庭博覧会には、巖谷小波が発明して送ったという、「すべり山」と「でんでん太鼓」という遊具が大変人気を集めていた。当日は会場の後庭《こうてい》で家庭講演会が予定されていたため、仁川《いんちょん》小学校の子どもたちが来館していた。

「すみません、あのー、お話の久留島先生ではありませんか？」

「そうですが」

「やっぱり、そうですか！　私は毎日申報社のものです。不躾《ぶしつけ》なお願いで申し訳ございませんが、いま仁川小学校の子どもたちが集まっていますので、ぜひお話を一つ聞かせていただけないでしょうか？」

「仁川ですか。懐かしいなー、仁川は十年前、私が鉄砲を担いでいた頃、はじめて上陸した記念の土地です。そこの子どもたちなら、喜んでお話をしましょう」

武彦が来たという話を聞いて、主催側の動きがあわただしくなった。京城日報社の監督である徳富蘇峰《とくとみそほう》（ジャーナリスト、一八六三〜一九五七）のあいさつの後、演壇に上がった武彦は、「人間の寿命」を口演した。武彦が好んで口演した「人間の寿命」とは、神様が世界を作った時、生き物の寿命を決めたお話である。動物には三十年がいいと思って、馬、犬、猿を呼んで聞いてみると、みんな人間のせいで苦労が多く、三十年は長すぎると言う。それで、馬には十五年、犬には十七年、猿には十八年の寿命を与えた。最後に、人間に聞いてみると、三十年は短すぎると言うので、動物の分まで足して、七十年の寿命を与えたという内容である。朝鮮には猿がいないため、猿を知らない子どもたちに配慮して、武彦は猿の代わりに猫を登場させてお話をした。

京城初の口演童話会が終わった後、京城日報社は、さっそく翌日の十日と、十一日の両日に、武彦の口演童話会を開催するという広告文を出した。

二回目の口演童話会は、朝からたくさんの子どもたちが集まって来た。三回目はもっともっと大勢の子どもたちが集まってきた。二千名を超える子どもたちが十重二十重となって武彦を囲む驚きの光景が広がった。場内整理のために、警察まで動員される大騒ぎとなった。

二日とも武彦は「乃木大将の火鉢」という話をした。それは、乃木大将の教育法をお話にしたものであった。乃木大将は、「決して贅沢をするな。贅沢ほど人を馬鹿にするものはない」と言った言葉でも知られるほど、倹約家であった。どんなに寒い日でも、乃木大将は火鉢を使わなかった。二人の息子が寒いと言ったら、相撲をとらせた。体を動かした息子たちは、体が熱くなり、自分たちが持っている火鉢に気付いたという話であった。

出稼ぎのため移住している在朝鮮日本人の子どもたちを前にした武彦は、困難な状況でも引っ込み思案にならず、明るく、強く乗り越えていくことの大切さを伝えたのであった。

三日連続京城で口演童話会を開いた武彦は、引っ張りだことなり、急遽朝鮮各地にわたって巡回口演を行うことになった。この活動がきっかけとなって、武彦から勧められた大井冷光を先頭に、回字会のメンバーが次から次へと朝鮮へ渡った。

武彦門下で三羽烏の一人と呼ばれた佐田至弘は、朝鮮に渡って大正七（一九一八）年、朝鮮児童協会と童心社を設立した。また、武彦を顧問に回字会朝鮮支部を設立し、日本各地の回字会メンバーを招聘して口演童話会を開催した。

巖谷小波、岸邊福雄《きしべふくお》、安倍《あべ》季雄《すえお》、沖野《おきの》岩三郎《いわさぶろう》、深瀬《ふかせ》薫《かおる》、小池《こいけ》長《たける》など、多士済々の口演童話家が朝鮮へ渡って口演童話を行ったが、情熱をもって最も多く朝鮮口演を行ったのは、武彦であった。

何度も朝鮮を訪れた武彦は、口演だけでなく、朝鮮を題材にした童話も生み出した。武彦が朝鮮で口演を試みた大正四（一九一五）年、朝鮮半島では日本人による虎狩りが大々的に行われていた。大正六（一九一七）年十一月十三日からは、『京城日報』で「朝鮮虎狩り」の進行状況が連載されるほど、虎狩りは関心を集めていた。昔から虎が多かった朝鮮では虎に対する恐怖も大きかった。朝鮮の人はその恐怖を、虎は山の奥でのんびりとたばこをすっていて民家にはおりて来ないという信仰でのりこえた。そのため韓国の昔話は「むかしむかし虎がたばこをすっていた頃のお話です」ではじまる。また昔から虎がきせるを口にくわえた民画も多く残されている。そのような朝鮮の文化に接した武彦は、朝鮮の虎をモチーフにした童話、「虎の胃袋学校」（大正四）と「解らぬ虎の児」（大正十四、『虎の子のウーちゃん』の原作）を生み出したのであった。

朝鮮の民族衣装を着てきせるを手に持った武彦
大正7年、武彦44歳

10．ヨーロッパへ

ローマ大使館のなかで、武彦はどのくらい待っただろうか。突然、元気の良い足音とともに下《しも》位春吉《いはるきち》（一八八三〜一九五四）が現れた。

「先生！　驚かないでください！　これから先生をフィウーメに連れて行って、ダンヌンツィオの手を握らせたいのです。その掌の温《ぬく》みから、どんな種が生まれて来るやら、こいつは見物ですよ」

武彦の手を握るやいなや、下位は一気に話し出した。福岡出身の下位は、第一高等女学校の教師だった頃、武彦が経営していたイートン英語学校の主任教師になったことから、武彦を「先生」と呼び慕うようになった。その後、回字会のメンバーとなって話し方の研究に関わるようになった。やがて大正四（一九一五）年、自ら大塚講話会を立ち上げ、東京高等師範学校の学生を中心に話し方の研究を行った。その設立趣旨には、将来教師として仕事をする上で最も大切なことは、子どもに対する話し方の研究であり、それは実際壇上に立って経験を重ねて初めて体得できると記されている。そして、口演の経験を積むことで、会員各自の修養をはかることを主な目的とした。この設立趣旨からも伝わるように、大塚講話会は武彦の教育観を受け継ぐ活動であり、会員の大半は回字会に顔を出していた。

大塚講話会を立ち上げた大正四（一九一五）年末、国立東洋学院の講師となって単身ナポリに渡った下位は、第一次世界大戦終盤の大正七（一九一八）年、新聞社の通信員となって前線に赴き、イタリア軍に志願入隊、ピアーヴェ川の戦いなどに参戦し、トレントで終戦を迎えた。イタリア政府から勲章も授与され、イタリアで最も有名な日本人になっていた。イタリアの詩人であるダンヌンツィオが、日本まで飛行する計画を立てて下位に同行を求めたことから、ダンヌンツィオと知り合いになったという。

流行作家であったガブリエーレ・ダンヌンツィオ（一八六三〜一九三八）は、第一次世界大戦の開戦後、イタリアの参戦を主張し、戦後は国民感情を代弁するかのように、イタリア帰属が認められなかったフィウーメ（リエカ）に向かった。二千人ほどの義勇兵を引き連れ、無血入城を果たし、司令官としてフィウーメを統治していた。驚いたことに、下位は、そのフィウーメに武彦を連れて行き、イタリアの英雄、ダンヌンツィオの手を握らせたいと言っているのであった。

「フィウーメ？　そこは、イタリア政府軍によって厳重に封鎖されているだろう？　どうやってそれを突破して行くのかい？」と、武彦が目を丸くして聞くと、下位は胸をたたいて、「妙案があるのですよ」と気取って見せた。「よし、分かった。当たって砕けろだ。捕縛《ほばく》されたら、それもまた話の種さ」

翌朝の九時にヴェネツィアを出た武彦と下位は、列車の中にいた。下位の服装はと言うと、フィウーメのダンヌンツィオ決死隊の軍服で、短剣を腰に差し、胸にはフィウーメの軍功勲章まで付けている。それらを隠すために、レインコートをはおり、さらにその上に望遠鏡をたすきにかけている。列車の中には、取り締まりのために憲兵が二人ずつ乗り込んで、休まず車内を巡回していた。そのため、下位はレインコートを脱ぐことができない。かなり暑い日中の車内である。襟元からにじみ出る汗がコートの黄色い襟を濡らして、みるみるうちに黒くなっていった。下位はハンカチで絶えずそれを拭っていた。

「いやー、来ましたぞ！」と、下位が車窓から顔を出した。武彦がギョッとして外を見ると、列車は高原の駅に入っている。プラットホームには憲兵が二、三十人、守備兵が五、六十人も見えた。

「どうする、下位君？」と聞くと、にやりと笑って、「一つ度胸だめしに逆襲してやろうじゃありませんか」と言う。二人は列車から降りて、わざと彼らの間を通りながら、「ボナセーラ！　ボナセーラ！」とあいさつをし、駅の食堂に入ってコーヒーをすすった。再び列車に乗って、アバディア駅に着いた。乗客は一人ずつ荷物とともに降ろされ、ステーションの司令官の前に立たされた。

「私たち二人は、ミルロ提督から招かれて至急会いに行くところです。その用が何かは、会見後でないと分かりません」と、下位が堂々と話した。「それなら、とにかく、アバディアの憲兵司令官にお会いください」と言われ、再び列車に乗った。アバディア町で降りて司令部に行ったが、当直の中尉から「明朝に来い！」と言われた。翌朝、再び行くと、一時間ほど待たされたあげく、モスカ大尉の部屋に呼び入れられた。もうこうなると、度胸がすわる。武彦と下位はモスカ大尉の正面にゆっくりと腰を下ろした。

「私はナポリ東洋学院の教授で、プロフェッサー下位です。この友人は日本の青年指導者で、講演家として名高い久留島氏です。ミルロ提督並びにダンヌンツィオ氏より、フィウーメの現況を視察しに来てほしいと言われてまいりました」

「あーぁ、あなたがあの下位先生ですか」

この地にも下位の名は聞こえていたらしく、モスカ大尉は胸襟を開き、二人の話を聞き入れて、モーターボートでフィウーメまで送ってくれた。


埠頭から町中に入っていくと、絵葉書屋には、各種のダンヌンツィオの肖像画や写真が掛けられている。貴金属商の店頭には、フィウーメ決死隊の徽章《きしょう》入りのネクタイピンやフィウーメの象徴である黒いピンが、ハリネズミのように飾られている。町も広場も兵隊も、子どもも女性も、すべてがダンヌンツィオ中心である。

晩餐会に招かれた二人は、グランドホテルに向かった。ホテルに入ると、「シモーィ、シモーィ！」と、皆踊り出して来て下位を歓待した。車内ではレインコートの下、大汗になったフィウーメ決死隊の軍服だが、ここではそれが生きて来た。しばらくすると、自動車の音が聞こえた。軽快な足取りで車から降りたダンヌンツィオは、下位の顔を見ると、「おー、日本の弟よー」と両手で下位の肩を抱き、それから武彦の手をとって、「さあ、入りたまへ」と中へ誘《いざな》った。

飛行将校、婦人など二十六名がテーブルをかこみ、晩餐会がはじまった。シャンパンがポーンと抜かれ、食事がはじまった。酒が回り、楽しい酒宴が催された。食事が終わると、ダンヌンツィオは武彦に向かって、「本日貴殿は、厳重なる封鎖を破ってこの地に入り、フィウーメの実情を視察されました。それは、私にとって一個旅団よりも力強いことです。その功労に対して、軍功徽章を贈呈いたします。明日は自動車を提供しますから、どうか生きたフィウーメを見て行ってください」と言って、杯をあげた。大正九（一九二〇）年九月十一日の夜であった。

フィウーメを視察した後、武彦は下位と別れ、一人ヨーロッパ各地を歩き回った。第一次世界大戦はすでに二年前に終わっているのだが、今もあの美しかったヨーロッパは、見るも無残に荒地と化したままであった。

戦後のヨーロッパ諸国を視察するため、十二年ぶりにヨーロッパへ来た武彦は、至るところで生々しい惨禍のあとをまざまざと見た。最愛の子を失った母親、夫に死に別れた女性、親を亡くした大勢の子どもたちを目の当たりにし、戦争の残虐さをしみじみ痛感した。戦争の影響を直接受けた国では、戦争の「せ」の字を口にすることも嫌がっていた。

ナポリでは「マドンナの子ども」と呼ばれる、捨て子を引き取って育てているアヌンツィアータ寺院を視察した。そしてドイツでは、シュパンダウの子どもたちが極度の栄養失調になっていることを目撃し、その実態を日本に通信した。

戦争を呪い、平和を賛美する幾多の名画も見た。中でも最も武彦の心に響いたのは、小さい女の子が、再び戦争に向かおうとする父親の剣にすがって、「お父さん！　お父さんは、また恐ろしい戦争に出かけるんですか？　私のような可愛い子どものお父さんたちを殺すために？」と言いながら涙ぐんだ目で、じっと父の顔を見上げている絵であった。

十一月十一日、ロンドンで休戦条約成立記念日を祝う百万の民衆の熱狂ぶりを見ながら、武彦は平和についてつくづくと考えた。日本に帰ったら、未来を担う子どもたちに、戦争の悲惨さや平和の尊さを語り伝えようと、固く決意した。

ダンヌンツィオからもらった軍功徽章

11. 日本にボーイスカウトを!

大正八（一九一九）年六月、東京少年団宛に、ロンドン国際委員長から、翌年イギリスで開催する第一回世界スカウトジャンボリー（世界スカウト機構が主催するキャンプ大会で、全世界ボーイスカウトの最大行事）の招待状が届いた。
まだ日本にはボーイスカウトの全国組織がなかったため、日本の少年団を代表して、東京少年団の小柴博、静岡県小笠郡西方少年団長の伊藤文一郎、北海道岩田少年団長の下田豊松の三名が、自費を投じて参加した。

日本初のボーイスカウトは、小柴博による「東京少年団」である。大正二（一九一三）年十月に結成された「東京少年軍」が「東京少年団」に改組され、翌年の十二月六日、東京九段にある偕行社《かいこうしゃ》で第一回の入団式が行われた。「東京少年団」の起源となる「児童精神教育幼年会」の頃（明治四十二年）から、その基盤づくりに協力し役員になった武彦は、入団式で「遠足行軍講話」と題したお話をした。大正三（一九一四）年九月、大阪に少年義勇軍《ボーイスカウト》が結成され、翌年の十一月には、京都でも結成された。京都ボーイスカウトの母体となる団体は、京都お伽倶楽部であった。つまり、武彦が蒔《ま》いたお伽倶楽部という種が、ボーイスカウトという形となって実を結んだのであった。京都お伽倶楽部および京都ボーイスカウトの中心人物は、中野忠八であるが、その弟、中野秀三郎（同和鉱業の社長、一八八八～一九七〇）は、武彦の長女、福子と大正七（一九一八）年に結婚することになる。福子と結婚し、武彦の養子になった秀三郎も、ボーイスカウト日本連盟の理事長、総長（五代）を歴任し、生涯にわたってボーイスカウト活動に関わった。

大正十三（一九二四）年一月、ボーイスカウト国際事務局から再び招待状が届いた。同年八月、第二回世界ジャンボリーがデンマークで開催されることになったのである。

日本では大正十一（一九二二）年にようやく少年団日本連盟が結成され、後藤新平が初代総裁になり、武彦は名誉理事となっていた。

招待状を受け取った日本連盟は、さっそく理事会を開き、その内容を検討した。国際事務局からは四十八名のボーイスカウトと四名の指導者を派遣してほしいと要請されたが、日本連盟側としては、経費の問題を考慮し、また、視察の目的を重要視したため、若い成人男性の指導者を少数選定して派遣することに決定した。

その内容を公表し、志願者を募集したところ、全国から五十三名が応募した。選考委員会を設け人選を重ねた結果、最終的に二十四名を派遣することにした。三島通陽《みしまみちはる》（子爵・小説家、一八九七～一九六五）が団長となり、武彦は副団長として加わった。

大正十三（一九二四）年六月八日、派遣団を乗せた箱根丸が神戸港を出港した。六月十九日、甲板で武彦の五十歳誕生日パーティーが開かれた。七月二十日、派遣団一行はマルセイユ港で下船し、パリを観光した後に連絡船でロンドンに移動した。

「団長！　ホテルの支配人から聞きましたが、バッキンガム宮殿の後庭で、イギリスのボーイスカウトが、皇帝陛下の御親閲を受けるそうです」

「それは見に行かなくちゃ。全員集めてください」

派遣団は、宮殿に向かうボーイスカウトの行軍を一目見ようと街へ出かけたが、雨が急に降り出したため、通行人に混ざって軒下を探し右往左往した。その時、武彦の大きい声が聞こえた。

「この街の真ん中で威張って濡れろ」

一行は、整列して雨の中で突っ立っていた。行軍が通るまで待つつもりであった。しばらくすると、その光景を不思議に思った通行人が近付いてきた。

「ボーイスカウトなら、とっくに宮殿の中に入りましたよ」

一行が慌てて宮殿の門近くまで進むと、関係者が中に入れてくれて、奥にある建物のひさしの下で見学するようにと教えてくれた。儀式は一時間ほどで終わった。

突然、武彦の横にあった大きな扉が開き、そこからなんと、侍臣《じしん》一人に傘を持たせたイギリス王のジョージ五世が歩いてきた。その後ろには、ボーイスカウトの創始者であるベーデン・パウエルをはじめ、三人の侍臣が続いた。東洋人を見たジョージ五世は、足を止めた。

「どこから来たのですか？」

みんな突然のことに凍り付いてしまい声も出ない中で、武彦一人が、「世界ジャンボリーに参加するために、日本から来たボーイスカウトです」と、ことさら大きな声で答えた。感心したように頷いたジョージ五世は、武彦の前まで足を運び、握手をした。

「何名来たのですか？」

「二十四名でございます」

すると、ジョージ五世は武彦の手を握ったまま、後ろにいるベーデン・パウエルに向かって、

「パウエル将軍は、日本に行ったことがありますよね？」

「はい、まいりました。もう一度機会があれば、ゆっくり日本を見たいと思っております」

そのパウエルの言葉に対して武彦は、「日本のボーイスカウトは、ぜひ今一度、パウエル将軍の来日をお迎えしたいと、心から願っております」と答えた。三島通陽団長と握手を交わしたジョー

ジ五世は、一行に軽く会釈してから、宮殿の方へ歩いて行った。武彦はデンマークに着く前に、思わぬ形でベーデン・パウエルに会ったのであった。

八月六日、派遣団一行はコペンハーゲンに到着した。持参したテントを取り出して、野営の準備にとりかかった。準備委員以外は開催日の八月十日まで自由の身となった。一行はスカンジナビア文明に接したいといって、海を渡りスウェーデンに向かうことにした。

しかし武彦一人は、出発前から、デンマークが生んだ世界的な文豪アンデルセンの墓参りをし、彼の生まれたところ、育った家を見学したいと計画していた。まず、コペンハーゲンのホテルの支配人に、アンデルセンのお墓の場所を聞いてみたが、知らないと言う。「この国の人は、アンデルセンに興味がないのだろうか」と、首をかしげながら、汽車に乗った。四時間かけてようやくアンデルセンの故郷、オーデンセに着いた。ホテルで、アンデルセンの生家が残っていること、小さな記念館があること、町の広場に銅像が建っていることを聞いた。お墓はコペンハーゲンにあるという。

町に小さな家具屋があって、その前の壁に「アンデルセンの生家」という文字が銅板に刻まれていた。その家には、アンデルセンと無縁の人が住んでいた。近くに記念館があったが、ホテルの支配人が言ったように、とても小さく、粗末な建物であった。アンデルセンが使ったというデスクや椅子、シルクハットなどが陳列されていた。記念館を出て銅像のあるところへ行った。

「これは寂しいなー、銅像を建てるまでの心があれば、もっと人目の多い場所に建てて、たくさんの子どもたちの目に触れるようにすればいいのに」

武彦は近くの写真屋を呼び出して、銅像の前で記念写真を撮ってもらった。その時、「すみません、ちょっといいですか？」と、若いデンマーク人の男性が声をかけてきた。地元の新聞記者だと言う。

「あなたはどこの国の人ですか？」

「日本人です。コペンハーゲンで開催される世界ジャンボリーに参加するために来ました」

「え？　それがどうしてここまで？　あなたはアンデルセンを知っているのですか？」

「もちろんです。アンデルセンは、誰でも知っています。世界で最も偉大な詩人の一人ですもの。私は彼を崇拝し、尊敬しています。マッチ売りの少女、裸の王様、人魚姫、見にくいアヒルの子と、世界中の子どもたちが、彼のお伽噺を知っています。私は三十年間児童教育に携わって来て、アンデルセンの作品も数多く翻訳しました」

「あなたはオーデンセに来て、満足していますか？」

「いいえ、私はデンマークの国民が心を一つにして彼を愛し、顕彰《けんしょう》しているものと想像していました。しかし、アンデルセンが自分の故郷で、こんなに過小評価されているとは、驚きました」

「私たちはアンデルセンを十分に評価していないのでしょうか？　ここには、銅像もあるし、記念館だってありますよ！」

「記念館には、私も行きました。失望しました。劣悪な環境、不十分な保管状態、粗末な扱いをされているということが、よく分かりました。世界中にデンマークの名を広めた、アンデルセンの生まれた家を守るための予算が、この国にはないのですか？」

「あぁ……」

「あなた方は洗練され、温かい心を持った国民です。おそらく、百年後には、アンデルセンを適切に評価できるでしょう。しかし、それでは遅すぎるのです」

翌日の八月八日、オーデンセの新聞（『Fyens Stiftstidende』）に、「日本からオーデンセへ、巡礼の旅」と題した武彦のインタビュー記事が、アンデルセンの銅像前で撮った写真とともに大きく掲載された。新聞には武彦のことが、「日本のアンデルセン」と表現されていた。その新聞を手に、コペンハーゲンの新聞記者がホテルに訪ねて来るなど、反響は大きかった。

八月三十一日付の全国新聞『Politiken』には、「日本人の告発」というタイトルで、一面が武彦のインタビュー記事で飾られた。各新聞に取り上げられる一方、九月にはデンマークの人気漫画雑誌が、アンデルセンと、「日本のアンデルセン武彦」が対談をする場面を表紙にし、架空の対談内容を掲載した。それによってデンマークでは、アンデルセンの博物館が必要かどうかで世論が沸いてきた。武彦の宿泊するホテルには、アンデルセンの全集が贈られた。

コペンハーゲンに戻った武彦は、八月十日から開催された第二回世界ジャンボリーでも、精力的に派遣団員を引率した。三十四カ国から五千余名が参加した大会であった。

武彦は日本キャンプの目印として、日本から持って行った鯉のぼりを立てて見せた。これがユニークなアイディアとして喝采を浴びた。それから鯉のぼりは、日本キャンプのシンボルとなり、一つの伝統として今もなお続いている。

八月十七日、閉会式が行われ、翌日、第三回国際ボーイスカウト会議が行われた。武彦は日本代表として会議に参加し、英語で大演説を行った。

会議終了後、派遣団はチェコスロバキア、ドイツ、スイスを経由して、九月十一日、イタリアのヴェネツィアに着いた。ローマに立ち寄った派遣団一行は、日本大使館の人に案内され、ムッソリーニ（第四十代イタリア王国首相）の執務室を訪れることになった。武彦がムッソリーニに派遣団員との握手を申し入れたら、ムッソリーニは快く受け入れた。

「さあ、君たち、下腹に力を入れろ！　できるだけ力を入れて、ムッソリーニの手を握るんだ」と武彦が一同に気合いを入れた。派遣団一行は一生懸命になって、一人ずつムッソリーニと握手をした。握手が終わった後、ムッソリーニは秘書に、「写真屋を呼んで来い」と言った。写真屋を待っている間、なぜかムッソリーニは武彦をまじろぎもせず見つめていた。それを見た通訳の人が、「あの男は、日本で児童文化事業を起こした人で、日本中の子どもたちから、お話のオジサンと呼ばれています」と説明した。するとムッソリーニは、「そうだろうなー、私はあの男の面構《つらがま》えで、それが分かる」と言った。

百四十二日にも及んだ長旅を終えた派遣団は、十月二十七日、無事帰国を果たした。帰国後間もない十一月十五日、少年団日本連盟の総会が開催され、新規約が成立されるなど、スカウティングの活動は一新されることになった。

第三回国際ボーイスカウト会議後の団体写真　大正13年8月

ムッソリーニと一緒に　大正13年9月

Fyens Stiftstidende 8/8 - 1924

En Pilgrimsrejse fra Japan til Odense

Det japanske Spejderkorps' Æreschef, Mr. Takehiko Kurushima.

Mellem de 32 japanske Spejdere, som i Onsdags ankom til København via London, var ogsaa det japanske Spejderkorps Æreschef, Mr. Takehiko Kurushima Det er dog ikke udelukkende Spejderanliggender, der har hidkaldt ham, hans Rejses egentlige Formaal er noget ganske andet, — noget, som det antagelig vil interessere Odenseanerne at høre.

Mr. Kurushima er en i Japan berømt Pædagog og en meget betydende Skribent. Paa sidstnævnte Omraade er han „Japans H. C. Andersen", og det er for at aflægge et Besøg i vor store Eventyrdigters Fødeby, han har valfartet over den halve Klode. Det lyder underligt, men er ikke desto mindre rigtigt.

Mr. Kurushima ankom til Odense igaar i Følge med en dansk „Spejder-

デンマークの新聞　Fyens Stiftstidende 1924年8月8日

「日本からオーデンセへの巡礼」アンデルセンの銅像前にたつ武彦の写真とインタビュー記事掲載

12．アンデルセンを日本に！

日本にラジオ放送が始まった。大正十四（一九二五）年三月二十二日、東京、芝浦の仮放送室からラジオの試験放送が開始され、同年七月十二日の日曜日、東京放送局（現・ＮＨＫ）がいよいよ本放送を開始した。番組は、午前の部（九時から）、午後の部（十二時半から）、夜の部（十九時半から）に編成された。

ラジオ放送が始まったその歴史的な日に、武彦の声で、「貰った寿命（＝人間の寿命）」というお話が流れた。放送開始日からプログラムに口演童話が組み込まれた背景には、東京放送局の初代放送部長となった服部愿夫《はっとりよしお》の存在があった。

服部は、高畠華宵と同時期に武彦の家に寄寓し、武彦が結成したお伽劇団の活動を手伝って舞台背景を担当していた。武彦の児童文化活動に感化された服部が番組の編成、制作に携わったことによって、口演童話はラジオを通して全国に流れるようになったのである。

放送開始日からラジオに出演した武彦は、それ以降、スケジュールが許す限り子ども向け番組、「子供の時間」に出演してお話をした。七年後（昭和七年）には、武彦の推薦で、村岡花子（『赤毛のアン』の翻訳家、一八九三〜一九六八）がレギュラー出演し、「子供の時間」の最後の五分間、「子供の新聞」を伝えるようになる。東洋英和女学校の教会行事「花の日」の集会で、柳原白蓮とともに武彦のお話を初めて聞いた花子は、武彦が亡くなるまで交流を持ち、武彦死後も久留島武彦文化賞の選考に携わった。

ラジオ放送を終えた翌日、武彦は小波を訪ねた。

「機械の前で一人しゃべるのって、どうも味気なくていけません」

「本当だよ、あれは興に乗らないねー」

「さて、今日は相談することがあって来ました。デンマークにいる平林から、こういうものが届いたのですが……」

武彦は懐から手紙を取り出して、小波に見せた。昨年武彦とともにボーイスカウトの派遣団員となってデンマークに赴いた平林広人《ひらばやしひろんど》（一八八六〜一九八六）は、一人コペンハーゲンに居残って、アスコフ国民高等学校に入学し、アンデルセンのことを研究していた。手紙には、平林のところにデンマークの外務省から連絡が入り、今年はアンデルセンの没後五十年になるが、日本でも記念祭を開いてもらえないかと聞かれたことが書かれていた。アンデルセンは、武彦が生まれた翌年の明治八（一八七五）年、七十歳で亡くなっている。

「面白い話じゃないか、大いにやろう、東洋初のアンデルセン祭を！」と、小波はいつものように力になってくれた。決まった以上は最高の記念祭を創り上げようと、武彦は奔走した。小波を委員長に、武彦の他、岸邊福雄、安倍季雄、三島通陽、山本久三郎、山田耕筰、弘田龍太郎、北原白秋、葛原しげる、今澤慈海《いまざわじかい》など、十六名が実行委員になってくれた。

まず、大正十四（一九二五）年八月四日、アンデルセンの命日に、東京では小波が、大阪では村上鋭夫がラジオ放送を通してアンデルセンを紹介し、記念祭の宣伝を試みた。それから九月五日、丸ビルの精養軒《せいようけん》に八十余名の賛助員が出席してデンマーク公使を囲んだ晩餐会を開いた。その後、十月四日、青山会館で松村武雄、秋田雨雀、蘆谷蘆村の講演会と山田耕筰による音楽会を開催した。青山会館の別館では記念展覧会を開き、パンフレット、小冊子、絵葉書などが販売された。東京市内の学校や団体でも記念祭が開かれたため、実行委員が交互に出演してアンデルセンのお伽噺を口演した。また、地方における記念祭のためには、東北地方へは小波が、北陸地方へは武彦、岸邊福雄、安倍季雄等が出向いて口演活動を展開した。

いよいよ十月十七日、帝国劇場を貸し切って「アンデルセン没後五十年記念お伽祭」が盛大に幕を開けた。舞台の中央には、アンデルセンの肖像画が飾られた。まず、委員長の小波が登場し、祭文を朗読した。次に武彦が出て、開催にいたった経緯について話をした。続いて、女流声楽家が登場し、アンデルセンを讃える歌（北原白秋作詞、山田耕筰作曲）を歌った。童謡、舞踊、独唱が続き、休憩を挟んで、童話劇「はだかの王様」が上演された。「アンデルセンの晩」（北原白秋作詞）の歌の後、武彦のアイディアによる「アンデルセンの銅像祭」が披露された。そこで小波は詩人役を、武彦は蛙の役を演じた。最後に、「お伽パジェントの歌」（葛原しげる作詞、弘田龍太郎作曲）を会衆一同で歌った。最後にデンマーク公使によるあいさつを以って記念祭は大盛況のうちに幕を閉じた。

記念祭は翌日にも開催されたが、それでも入れなかった人が多かったため、青山会館でもう一度開催された。好評を博した公演内容は、小劇場向けに再編成され、半年以上も全国各地を巡回しながら上演された。

翌、大正十五（一九二六）年の四月、デンマーク国王クリスチャン十世から、文化勲章に相当するダンネブロウ三等と四等の勲章が日本に贈られた。アンデルセンを日本中に広めた功績が認められたのである。記念祭で委員長を務めた小波は三等を、武彦は四等を受けた。

東洋で初めて開かれたアンデルセン記念祭は、デンマークでも大きく報じられ、博物館が必要かどうかで沸いていたデンマークの世論は、建設の方へと大きく傾いた。そんな時、理解のある慈善家がアンデルセンの生家とその一角を買収してオーデンセ市に寄付し、アンデルセン博物館が誕生する運びとなった。博物館がオープンした時には、アンデルセンのお墓も綺麗に改装されていた。

武彦は、晩年までアンデルセンの顕彰活動を続けた。十年後の昭和十(一九三五)年十一月十七日には、アンデルセンが最初の小説『即興詩人』を発表して百年になることを記念し、「アンデルセン童話百年祭」を開催した。東京市、文部省、デンマーク公使館の後援を受けて開催したこの百年祭には、北原白秋、山田耕筰、野口雨情、浜田広介、村岡花子、平林広人など、大勢の文化人が協力した。同月二十日には、『大童話家の生涯アンデルセン伝』を武彦自ら出版した。

第二次世界大戦が始まってから、武彦はデンマークで寄贈されたアンデルセンの全集とデンマークから持ち帰ったアンデルセン関連資料だけを、弟子の新井太郎の鎌倉の家に預けて置いた。その後、戦火が激しくなり、東京空襲で武彦の自宅と早蕨幼稚園が全焼してしまった。図書館を彷彿とさせるほど多かった武彦の蔵書の中で、新井に預けて置いたその全集と資料だけが唯一焼け残った。それを神の啓示と考えた新井は、その資料をもとに、武彦の監修で『世界名作童話アンデルセン名作集』(昭和二十二)を出版するに至った。

そして、昭和三十(一九五五)年五月三日に日比谷公会堂で「アンデルセン誕生百五十年祭」

を開催した武彦は、十四日から名古屋の小学校を巡回しながら記念口演を行った。

日本初のアンデルセン記念祭が開催された翌年の大正十五（一九二六）年八月、武彦は大分県飯田《はんだ》高原に向かっていた。飯田高原で、少年団日本連盟の合同野営大会が開催されることになったのである。草深い高原として知る人も少なかった飯田高原を、武彦が野営地として本部に推薦した。その開会式に出席するため、武彦は後藤新平と三島通陽、二荒芳徳《ふたらよしのり》（伯爵・日本連盟の初代理事長、一八八六〜一九六七）を案内して飯田高原に向かっているのである。別府から湯布院まで馬に乗り、湯布院から豊後中村まで馬車を利用し、豊後中村から飯田高原までは、再び馬に乗った。六十八歳になった後藤だけは、武彦の指示で旧藩主であった森家から借りて来た殿様用の駕籠《かご》に乗って、それを青年団員四名が交替で担いで行った。武彦は、馬に乗って先頭を歩きながら、駕籠に乗った後藤が気になって、しきりに振り向いていた。若い頃、勝海舟に会いに行った時、後藤の後ろで固くなっていたことを思い出す。今思うと、あの時の後藤の背中は、本当に大きかった。

「大丈夫ですか？　後藤総裁！　道が悪くて申し訳ないです」

「かまわん、かまわん、殿様の駕籠に乗れるって、めったにないことじゃ。それより、君たち、悪いねー、重いだろう？」

「せわねえです」

「せ、なに？」

「あ、大丈夫です！」

　青年団の元気な声が高原に響いた。

　飯田高原には各地のボーイスカウトが集結し、四十ばかりのテントが張られた。長者原には、別府にある亀の井旅館が出した「亀の井テントホテル」まで開設され、高原を賑やかせた。


「油屋さーん、もう設置は終わりましたか？」

「おー、久留島さん、やっと終わりましたよ。どうです？」

「いやー、見事ですね。テントホテルとは、奇抜なアイディアです」

「男ばっかり、こんな広い高原に男ばっかり」

「明日からは一般の見物客も入りますよ」

「女性！　案内人には女性がいいですね、久留島さん」

「ハハハ、それもいいですね、では明日からよろしくお願いします」

武彦は油屋熊八《あぶらやくまはち》（別府観光の父と呼ばれる実業家、一九一一年に亀の井旅館を設立）と握手を交わした。

「ほおー、私の手も大きいが、久留島さんの手もでかいなー」

「油屋さんには負けますよー」

「こりゃ、大掌大会を開かなくちゃ！」

日本初の女性バスガイドを取り入れたことで有名な油屋熊八は、その後、昭和六（一九三一）年全国大掌大会を開き、武彦を審査員として別府に招いた。

あっという間に夏が過ぎていき、秋になった。大正十五（一九二六）年十月六日、高知県安芸《あき》郡公会堂で武彦の講演会が開かれた。大勢の人が集まり、二階の階段通路まで人でいっぱいになった。講演の真最中、人の重さに耐えられず、二階の床が落ちてしまい、四十数名の負傷者が出た。新聞にも報道されたこの事件のあった一週間後、武彦の心が悲しみのどん底に落ちてしまうことが起きた。十月十三日、最愛の娘、不二子が、十八歳で世を去ったのである。悲しみに包まれたまま大正を送り、昭和を迎えた。

ラジオ本放送開始第一日番組　大正14年7月12日

不二子とミネ夫人

13．ともがき

「久留島君、おめでとう。早いね、二十五年か―」

「ありがとうございます」

「初めてうちに来た時は、軍服姿だったけどね。それにしても、帝劇がいっぱいだよ。大したものだ」

「こんなにたくさん集まってくれて、嬉しい限りです」


昭和四(一九二九)年六月十六日、帝国劇場で武彦の童話活動二十五周年記念祝賀会が開催された。巖谷小波を委員長に、回字会メンバーが総出で口演童話を演じて、武彦を祝った。天からの贈り物もあった。同月二十一日、岐阜県巡回講演中に、息子の典彦が誕生したという知らせを受けたのであった。典彦の母は、伊豆の講演中に出会った鈴木美代子(明治三十八年二月二十日生)という踊子であった。


毎日のように講演が続いた。大分、広島、島根、金沢、朝鮮を語り回り、武彦は奈良の放送童話研究会のメンバーと共に大好物のすき焼きを囲んだ。「これが久留島流のおいしい焼き方だぞ」と言って、砂糖を肉にまぶした独特の焼き方をする。タバコやお酒を一切口にしなかった武彦は、有名な甘党であった。

「久留島先生、こういう人と、こういう名前の人がよくやって来て、自分は久留島門下だと言うのですが、先生、ご存知ですか？」

武彦が肉を焼いていた手をとめ、名前が書かれた紙を受け取った。

「いや、こんな人は知らん」

「その人たちが、先生からいただいたという手紙なりハガキを出して、いかがわしい講演をして帰るので、後からよく学校の人に聞かれるのです。これでは、先生に大変ご迷惑になると思いますが」

「そんなことを聞かんでもないが、講演に行った後で礼状でも貰うと、返事を出さぬわけにもいかず、そんなものを持ち回って口実にされるとは、困ったものだ」

武彦のハガキ一枚でも持って来たら、武彦の指導を受けているものであればと信用して講演を設けてくれる。謝礼目当てに、それを悪用する人が度々いた。

「先生、今も毎日のように講演を続けていますか？」

「継続は力なり、世間にお伽話の執筆家はたくさんいる。しかし話す人がいない。話して聞かせる人が少ない。二、三年は話してくれる人もいるが、五、六年と続けて子どもの膝の前の友達になってくれる人は殆どいない。私は今切実に、子どもの膝の前の友達がほしいと思っている」

「ほんまに語り部ですなー」

「語り部かー、わが日本には、古来言霊の国として、語り部が歴史上にも現れている。古事記の話者、稗田阿礼《ひえだのあれ》を神として祭っているところが、どこかにあるはず！　ぜひ探して祭ろうじゃないか」

同席していた中村易一《やすいち》が、奈良県童話連盟会長の京橋彦三郎と理事長の仲川明に相談した結果、奈良県大和郡山市稗田町の賣太《めた》神社に、稗田阿礼が祭られていることを知った。

武彦が発起人となって、奈良県童話連盟並びに全国各地の童話家の協力を得て、昭和五（一九三〇）年八月十五日、第一回の阿礼祭を開催した。武彦、小波、岸邊福雄の他、三百余名が参加した。稗田舞の奉納、地域の子どもたちの阿礼様音頭、阿礼様祭子どもの歌（北原白秋作詞、弘田龍太郎作曲）の合唱、口演童話の後、記念俳句を詠んだ。武彦は、「阿礼《あれ》様の　昼寝の宮やセミしぐれ」と詠んだ。阿礼祭は十七日まで三日連続で開催された。

翌年の九月には、文部省の依頼を受け、口演童話全国行脚を実施した。日本列島を東西に二分して、東を小波が、西を武彦が担当して語り回った。十二月、大阪口演を最後に、年が暮れた。翌年の昭和七（一九三二）年、講談社の依頼を受け、青森市内の小学校を回って「口演童話講習会」を開いた。

その年の十二月十六日、東京日本橋にあった白木屋《しろきや》デパートに火災が発生した。日本初の高層ビル火災で、十四人が死亡し、六十七人が負傷した大惨事であった。二十三日、白木屋専務の山田忍三が朝日新聞で、避難の様子を談話の形で発表した。ロープにつかまって降りてきた女性店員が、裾の乱れているのが気になって、羞恥心から裾の乱れを直そうとして墜落してしまったケースがあったという。当時、着物では下着をつけないのが普通であった。この事件後、武彦は講演で、ズロースの着用や、夜中発生した火災時にも動きやすいパジャマの着用を奨励した。

昭和八（一九三三）年九月五日、巖谷小波が亡くなった。

「小波先生の一周忌なんて、信じられないね」と、日比谷公会堂に向かいながら、山内秋生《やまうちしゅうせい》（福島県只見町出身の童話作家）がつぶやいた。
「葬式には三千人以上来たものね」
「久留島先生には感激したよ。小波先生がお亡くなりになる時は、前後、十日間ほど病院で毎日お会いしたよ。お忙しいのに、毎日来て、見舞客の応対から病室との連絡まで、一々世話をやき、葬儀の時も、表面は江見水蔭が委員長となっていたけど、久留島先生が副委員長として葬場のことから式のことから、一切を処理していたものね」

「うん、知っている、あのやり方は素晴らしかった。恩師のために最後まで尽くすという情熱があふれていた」

武彦にとって小波は、最愛の恩師であり、良き兄であり、心強い同志であった。「友垣《ともがき》」という言葉がある。垣根のように固く結ばれた友達のことを意味する。武彦の書いた童話のタイトルでもある。小波を亡くした武彦は、「友垣」をよく口演するようになった。武彦は、かつて『少年世界』(明治四十二)を通して、「合点鳥《がってんがらす》」という話を発表した。古代インドの仏教説話集、ジャータカ物語から材料を得たこの話は、大正二(一九一三)年、『久留島お伽講壇』(冨山房)に収録された。その後タイトルを「友垣」にかえ、昭和十(一九三五)年十二月六日、昭和天皇の第一皇女である照宮成子《てるのみやしげこ》内親王の十歳誕生日祝賀御前童話として口演したことをきっかけに、昭和十一(一九三六)年一月一日から一月十日まで、東京・大阪両朝日新聞に八回にわたって「内親王殿下の聞召された童話友垣」(清水良雄挿絵)というタイトルで連載された。同年四月には、単行本『童話友垣』(朝日新聞社)として出版された。そして昭和二十一(一九四六)年、『からすのお友達』(第一月刊社、畠野圭右画)という美しい絵本となって出版された。

『童話友垣』はこういう話である。

網の罠にかかった鳩の親子が力を合わせて飛び上がり、「土の君」と呼ぶネズミのところに行って、歯で網を切り破ってもらい逃げた。それを見た一人ぼっちの鳥は、「友達どうしが互いに助け、助けられ合うとは、いかにも美しい友垣だな」と思った。それでネズミにお願いして友達になり、「空の君」と呼ばれながら仲良く遊んだ。いつも水を飲みに行く池の中に、一人で住んでいる亀も仲間に入れ、「水の君」と呼んだ。また、罠にかかった鹿を助けてあげ、鹿とも友達になった。鹿は「森の君」と呼んだ。みんなが力を合わせて、落とし穴に落ちた鹿やそれを助けようとしてつかまってしまった亀を助け出すという話である。

「土の君」「空の君」「水の君」「森の君」が一緒に遊ぶことによって、野原の話はネズミから、空の話は鳥から、水の話は亀から、山の話は鹿から聞くことができる。自分と違う人を変わり者と呼んで、からかったりいじめたり攻撃したりせず、人間の多様性を認め、他人の存在を受け入れることを訴えている話である。

軍服姿でおずおずと訪ねた田舎者の自分を、温かく仲間に入れてくれた小波の笑顔が、武彦には忘れられなかった。

武彦童話25周年記念写真　昭和4年6月16日

巖谷小波追悼会にて

14．わが黙《もく》せば石叫ぶべし

東京駅前の岸本ビルにある武彦の事務室で、回字会のメンバーが楽しく話し合っていた。『泣いた赤鬼』で有名な浜田広介《はまだひろすけ》（童話作家、一八九三〜一九七三）の顔も見える。ドアの開く音がして、最近新しく入ったメンバーの一人が、そっと顔をのぞかせた。

「失礼します。久留島先生は今日もいらっしゃらないのですか？」

「いま四国巡回講演中なのです」

「お忙しいですね。三大口演童話家のお一人、小波先生が亡くなられてから、ますます忙しくなったのではないですか？」

「うーん。その三大口演童話家という呼び方に、私は大いに不服ですねー、それは間違っていると思います」

新井太郎が突然真面目な顔で話し出した。

「もちろん世間では、明治の終わり頃から、久留島先生、小波先生、岸邊先生の御三方を、三大口演童話家と呼んできましたが、よく考えてみてください。三人三様で、三大口演童話家と一括りにはできないと思いませんか？」

「確かに、それは新井君の言う通りだよ」

「小波先生にとって口演童話は、芸術活動だったものね。小説家、児童文学者、編集者、ジャーナリスト、それから俳人としてもすごかったし」

「僕も覚えている。芸術に師弟はない、芸術は教えることのできるものではなく、習って覚えられるものでもない、といった小波先生の言葉を」

「だから研究会とか後進の育成とか、なさらなかった」

「口演スタイルも全く違ったね。小波先生の口演は、俳画十本に童話の口演二カ所といわれたし」

「え？　それはどういう意味ですか？」

「小波先生は、謝礼の代わりに俳画を頒布なさったので、口演童話と俳画領布会がセットになっていたわけ。その俳画がまた、すごく人気があってね」

「僕も一幅描いていただいた。小波先生の俳画って、桃太郎、金太郎、浦島太郎と、まるでお伽俳画だよ」

「それが小波先生の真骨頂《しんこっちょう》だぞ」

「大正十二年のことだったと思うけど、九州巡回講演で一日六回も口演をなさって、鹿児島市では、俳画の揮毫依頼が多すぎて、一週間で六百枚も描かれたことを新聞で読んだことがある」

「凡人にはマネのできぬ芸当だ」

「岸邊先生のスタイルはどうですか？」

「あの雷親爺かー、そりゃ、幼児向けの口演では、独歩的な存在だね」

「久留島先生と小波先生は童話を広めようと、日本中を語り歩いたけど、岸邊先生は最初から東洋幼稚園という聴衆を持っていたので、そもそものスタンスが違う」

「幼稚園の園児って、七分以上は話に集中しないのに、岸邊先生が話すと、三十分でも、かたずを呑んで聞きほれてしまう。それはもう日本舞踊のような、芸能の域だね」

「僕は、岸邊先生のお話を初めて聞いた時、あまりにもゆっくり語るから、人をバカにしているじゃないかなと思った。それを久留島先生に話したら、我々が大人の心で聞くから、そう聞こえるのだとおっしゃった」

「響きだね、子どもは言葉よりも響きの方を強く受け取るから」

「岸邊先生は一つの話を千回以上演じないと、自分のものにはならないとおっしゃったみたいですが」

「だから雷親爺さ。指導を受けている喃々《なんなん》会から聞いたら、それはそれは恐ろしくしつこい」

「そういえば、最近岸邊先生が童話協会のことをだいぶ進めてらっしゃるみたいだけど、久留島先生が納得なさるかね?」
「それはちょっと難しいかもしれない」

小波他界後、日本の口演童話界は、武彦の回字会と、大正十三(一九二四)年に立ち上がった岸邊福雄の喃々会に二分された。昭和十五(一九四〇)年の新年早々、武彦と岸邊福雄が話し合い、童話界を一つにするため、童話協会を新たに立ち上げることに合意した。

ところが、会員を集め、協会を構成していく中で、二人の目指すものが違うことが明白になった。武彦は口演童話を手段とした社会教育を目指したため、話し方について学びたい人であれば、職を問わず幅広く受け入れようとした。そのため回字会には、人とのコミュニケーションや話術に興味を持つ自営業者、医者、軍人、政治家など、社会各方面の人が会員となっていた。しかし岸邊福雄は、口演童話そのものを目的にしたため、一定の基準によって会員の資格を決め、協会を構成しようとした。武彦が四国を巡回講演している間、岸邊福雄は自分が思った方向へ協会の方針を具体的に進めてしまった。四国から帰った武彦がそのことを知った。「すぐに来い」という武彦の電話を受け、新井太郎は武彦の事務室へ飛んで行った。

「僕はもうこの仕事から手を引く。岸邊君が考える通りにやればいい。考えが、僕とはまるで違う」

新井は、こんなにはっきり怒りを顔に出す武彦を初めて見た。

「先生、せっかく一つになろうとする童話界が、再び割れるのは非常に残念なことです」

「しかし僕は、岸邊君のような考え方なら、協会を作る意味はないと思う。それでも君はやれと言うのか」

「あのー、もし岸邊先生が、先生のお考えに従うと言われれば、先生は思い直してくださいますか？」

「それはもちろんだ。しかし、そういうことが期待できると君は思うのか」

「先生、一時間だけここで待っていてくださいませんか。私が岸邊先生にお目にかかって来ます」

夏の蒸し暑い日だった。新井は汗を拭くのも忘れ、一目散に出かけた。雷親爺といわれるほど厳しい、恐ろしい岸邊福雄に初めて会いに行くのである。岸邊は、新井の名前すら知らない。会ってくれるかどうかさえ疑問であった。ところが、会ってくれた。新井は必死になって説明した。

「岸邊先生、いかがでしょうか」

「とにかく久留島君に会わせてくれたまえ」

新井は武彦に電話をかけた。

「その必要はない」

電話を切った新井は、もう一度岸邊福雄を説得し始めた。

「とにかく新井君、久留島君に会わせてくれたまえ」

重ねて言われたので、再び新井は武彦に電話をかけた。

「先生、岸邊先生をすぐにお連れしますから、待っていてください」

「君は、その必要があると思うのか」

新井はぐっと唾をのみこんで、思い切って答えた。

「はい、あると思います」

「よし、分かった」

新井は岸邊福雄を連れて、タクシーに乗った。タクシーの中で、岸邊福雄は一言も口をきかない。武彦の事務室には、回字会の先輩たちが来ていたが、新井は理由も言わず、先輩たちに帰ってもらった。事務室に入った岸邊福雄は、あいさつもせず、ずかずかと武彦の前まで進んだ。いきなり武彦の手を握って、ぽろぽろと涙を落とした。そして、ゆっくりと話した。

「久留島君、君の目指す通り協会を作ってくれたまえ。僕は君の意見に従うよ。君の言う通りでいいのだ」

するど、武彦も涙をこぼした。岸邊福雄は、今度は新井の手を握った。

「よくやってくれた。ありがとう。この先も頼みますよ」

武彦と岸邊福雄は、手を握り合って泣いた。その横で新井は、まるで腰が抜けたように、立っているのがやっとであった。

このような経緯の末、「口演童話を通した社会教育の実践」という武彦の志が基となり、昭和十六（一九四一）年六月三日、「日本国民童話協会」が正式に結成された。武彦が会長、岸邊福雄が副会長となって、童話界に新風を吹き込んだ。

武彦は、つねづね口癖のように、「わが黙《もく》せば石叫ぶべし」と言った。黙ってはいられないものが、常に胸の中に湧いていたのである。そのため、武彦について語る際は、その精神を語らざるを得ない。その精神を顕彰しようと、武彦を慕う人々は、「桃太郎主義」にちなんで武彦童話活動三十年を記念する桃太郎銅像を建立し、「桃太郎祭」を発案した。

昭和十一（一九三六）年、神戸市再度山にある林間学校の校庭に桃太郎銅像第一号を、一年後、奈良県大軌沿線あやめ池遊園地内に第二号を、その二年後には、小倉市（現・北九州市小倉区）の到津《いとうづ》遊園地内に第三号を建立した。いずれも渡辺長男《おさお》（彫刻家・朝倉文夫の実兄）制作である。そして、桃太郎像を建てたところでは、毎年桃太郎祭を開催した。

到津遊園地は、昭和七（一九三二）年七月三十一日、九州電気軌道株式会社（現・西日本鉄道）の創立二十五周年記念事業として開園し、翌年からは動物園も開いた。武彦の竹馬の友である村上巧児（一八七九〜一九六三）が九州電気軌道の専務を務めており、武彦に師事した阿南哲朗《あなんてつろう》は到津遊園地の園長になった。そして昭和十二（一九三七）年八月からは、阿南哲朗の企画によって、夏季林間学園が始まった。児童教育を行う動物園が初めて誕生したのである。武彦は林間学園の初代学園長となり、亡くなるまで二十二年もの間、毎年欠かさず出席してお話をした。

昭和十六（一九四一）年十二月、太平洋戦争が始まった。不安な情勢のなか、武彦は翌年の九月二十四日、赤坂東宮御所で当時の皇太子殿下に御前童話を進講した。育児の神様である少子部蜾蠃《ちいさこべのすがる》のお話を口演した。そして昭和十八（一九四三）年五月には、『肇国《ちょうこく》物語・神武天皇の御東征』を出版し、引き続き、楠木正成《くすのきまさしげ》とその恩師の瀧覺坊《ろうかくぼう》について調査を開始し、その年の十一月、『大楠公と恩師瀧覚坊』を出版した。瀧覺坊を本にしたのは、武彦が初めてであった。

昭和十九（一九四四）年から本格的な本土空襲が始まり、三十五年間経営した早蕨幼稚園が疎開令によって閉鎖された。幼稚園の閉鎖を見たくなかったかのように、その一年前の七月二日、ミネ夫人が世を去った。

到津遊園地の林間学園でお話をする武彦
昭和12年、武彦63歳

到津遊園地に建てた第3号の桃太郎像の前でお話をする武彦
昭和13年、武彦64歳

良い人の歩いた跡には花が咲く

――武彦――

15．その足あとに咲いた花

「久留島先生、電報です！」

武彦は、講演のため奈良県吉野郡十津川村《とつかわむら》に来ていた。

「先生、どうなさいましたか？」

しばらく黙って電報に目を落としていた武彦は、淡々と話した。

「早蕨幼稚園も、書庫も、衣類も、一切灰燼《かいじん》に帰してしまった。いよいよ裸一貫のみだ」

昭和二十（一九四五）年五月二十五日、空襲で早蕨幼稚園と武彦の自宅が全焼した。二カ月前の三月十日の東京大空襲では、娘の福子の家が焼失し、娘婿の秀三郎が大火傷を負い、そして、息子の典彦の母、鈴木美代子が亡くなっていた。

五月三十一日、武彦はバスで十津川村上野地《うえのじ》に着き、川を渡るため、長いつり橋の前に立っていた。人が歩けば、つり橋は高低に波うって動く。武彦はめまいがして、とても歩くことができなかった。その時、東京から十津川村に疎開していた詩人の野長瀬正夫《のながせまさお》（一九〇六〜一九八四）が武彦を迎えに来た。野長瀬正夫に背負われてつり橋を渡った武彦は、予定通りに演壇に立ち、気丈にお話をした。

巡回講演を終え、六月四日、仮宿にしていた奈良市椿井町の寧楽《なら》女塾に帰った。「先生、お客様です」という塾長の福田素江の声で外に出てみると、管野ヒロが立っていた。管野ヒロは、八年間武彦の家の仕事を手伝ってくれた家族同様の人であった。泣きながら、自宅や幼稚園が全焼した様子を伝えてくれる言葉を、武彦は無言で、ただ聞いていた。

リュックを一つ背負って、管野ヒロと一緒に東京へ向かい、六月九日の午前十時、自宅の焼け跡に立った。長い時間そこに立って、泣いた。天野雉彦が亡くなったことも知らされた。口演童話、お伽芝居の道をともに拓いた、大切な友であった。

六月十二日、武彦は志を胸に刻み、再び東京を発った。奈良に二泊したのち、十五日には福岡に着き、西日本鉄道の福岡支社や久留米支社で講演をした。十七日、玖珠町に行って役場や安楽寺、光林寺に寄った。この光林寺には、翌年、武彦を慕う矢幡網記が鷹巣実践女学校を建てて、昭和二十九（一九五四）年には「梅香女子専門学校」と校名を変更し武彦を校長に迎えることになる。

玖珠を発った武彦は、日田の草野忠右衛門の家で泊まり、再び久留米で講演をした。十九日には、二日市の学校を回りながら講演をした。その夜、福岡の青木旅館で休んでいた武彦は、サイレンの音とともに聞こえる恐ろしい轟音《ごうおん》に飛び起きた。B29が福岡上空に大挙飛来したのであった。急いで旅館を出て、福岡郵便局のアーチ下に立ち、福岡市内が火の海に化していく光景を目の当たりにした。郵便局の裏門を抜け、偶然見つけた消防署に逃げ込んだ。

「先生！久留島先生！」

「おっ、火野君じゃないか」

「よかったです、先生、ご無事で何よりです」

「よかった、怪我はないか？」

そこには、『麦と兵隊』で知られる小説家、火野葦平《ひのあしへい》（一九〇七〜一九六〇）も逃げ込んでいた。六十一機のB29が、延々と波状攻撃を行った。ようやく轟音が鳴り止んだのは、それから二時間ばかり経った頃であった。

「先生、これ、どうぞ」

火野葦平がポケットから何かを取り出して、武彦の手に渡した。武彦は掌を開き、それをじっと眺めた。

「かち栗—、縁起物といって、昔、出陣祝いにもらったことがある。生き延びた祝いだね。火野君、ありがとう」

六月十九日、この日は武彦七十一歳の誕生日であった。

武彦が青木旅館を飛び出した時刻、竹馬の友である村上巧児（西日本鉄道初代社長）も空襲警報を聞き、玄関先へ転がり出た。間一髪の差で、爆弾が屋根に落ち、続けざまに玄関前にも落ちた。村上巧児は爆風に跳ね飛ばされ、火の粉を浴びた。駆け付けた家人に腕を支えてもらいながら、燃えている自宅を振り返る余裕もなく、大濠公園を目指して走り出した。大濠公園がすでに火の海に化していることを知ると、六本松の方へ踵《きびす》を返した。大混乱の中、乳母車に乗った老人の姿が目を引いた。それはなんと、柳原白蓮を嫁に迎え、赤銅《あかがね》御殿で豪勢な話題を振りまいた、あの石炭王伊藤伝右衛門《いとうでんえもん》であった。伊藤伝右衛門は、村上巧児の火傷した顔を見て、おろおろと泣き出した。お互いの安全を祈りながら別れ、先を急いだ。四時間近く逃げ回ったあげく、南薬院の知人の家に避難することができた。翌朝、武彦は村上巧児を訪ね、怪我を慰め、朝食をともにした後、再び奈良へ帰った。

広島に原爆が落とされた二日後の八月八日、武彦は東京の神田学士会館にいた。日本少国民文化協会の集会が開かれ、沖縄から南九州に疎開している学童慰問の件をめぐった打ち合わせがすすめられていた。疎開学童の総数は薩南諸島を含めて八千五百人にも及んでいた。そのうち沖縄からの無縁故学童は主に宮崎、熊本の両県で引き受けていた。

「広島に新型爆弾が落とされたそうですね」

重たい空気のなか、事務局次長の福田清人（児童文学作家）が口を開いた。

「もうこんな状況じゃ、南九州まで行くのは無理でしょう」

「それは無理ですわ」

南九州への慰問活動はほぼ中止に傾きかけていた。

その時だった。

「行こう、行かにゃならんよ」

会場に響いた武彦の力強い一声に、原まさる（童話家）、弘田龍太郎（作曲家）、佐々木すぐる（作曲家）、宮尾しげを（漫画家）、川崎勝夫（人形劇）、伊波南哲（詩人、作家）、阿南哲朗（詩人、童話作家）が賛成の声を加えた。それによって秋、一カ月間、数班に分かれて宮崎、鹿児島、熊本、大分の疎開先を回ることが決まった。

集会の後、武彦は管野ヒロの実家のある福島県伊達郡霊山町に疎開し、八月十四日から口演活動を開始した。そして、十五日、役場の宿直室で村長とともに終戦放送を聞いた。戦争が終わった。

武彦は再び奈良へ向かい、九月から、奈良市菖蒲池町にある称名寺に住むことになった。称名寺との縁は、昭和十七（一九四二）年にさかのぼる。『小国民新聞』の顧問を務めていた当時、武彦は同紙の編集長高原慶三ら数名と共に、わび茶の開祖、村田珠光《むらたじゅこう》（一四二三〜一五〇二）が出家したとされる称名寺を訪れた。金粉で書かれた黒柿の位牌に手を合わせ、焼香、献茶の供養を行った。「大和の人々はもっと珠光を知って、茶道による日本精神を感得すべき」と述べた武彦の言葉は、『毎日新聞』（一九四二年十月二十一日付）にも掲載された。

その称名寺に、身を置くことになったのである。武彦とともに、寧楽《なら》女塾も称名寺に移ることになった。称名寺の本堂に畳を入れて裁縫室にした。渡り廊下でつながった書院は奥で仕切り、本堂に近い八畳は華道と茶道の教室に使うことにし、奥の六畳は武彦の部屋にした。寧楽女塾の顧問となった武彦は、講演の他、英語、お茶なども指導した。また、奈良に滞在する間、月一回定期的に奈良少年刑務所で口演童話を行った。

称名寺を拠点に口演活動をした三年後、武彦は東大寺長老清水公照らと共に、奈良市小川町にある伝香寺を訪れ、境内に一戸を新築したいという旨を申し入れた。そして翌年の昭和二十四（一九四九）年四月、寧楽女塾と一緒に、称名寺から伝香寺へと移った。称名寺を離れる際には、感謝の気持ちを込めて、吉川政治作の珠光像（テラコッタ）を寄進した。

同年五月十五日、珠光の命日の朝、武彦は吉川政治のアトリエに行き、小さな唐びつに珠光像を納めて、白い衣を着た人に担いでもらい、称名寺へ向かった。本堂で開眼供養を行った上、珠光が住んでいたという獨盧庵でお茶会を開いた。今も毎年、珠光の命日には珠光忌法要が営まれ、本堂、本尊、獨盧庵、そして珠光像が特別公開されている。

昭和二十五（一九五〇）年五月五日、玖珠町旧久留島氏庭園（国指定名勝）に、武彦の童話活動五十年を記念して、日本一の童話碑（高さ7.12m、幅3.0m、厚さ0.72m）が建った。巨大な自然石には、武彦が尊敬した高階瓏仙《たかしなろうせん》禅師（曹洞宗十八代管長・永平寺七十一世貫首）の字で、「童話碑　瓏仙書」と刻まれている。

一年前、阿南哲朗の発案に、村上巧児、古井六彦（十二代森町町長、ボーイスカウト県連理事）、草野忠右衛門、安倍季雄（童話作家、一八八〇～一九六二）等が賛同し、童話碑建立準備委員会を結成した。建立趣意書を全国に配布したところ、武彦を師事する人約六百名の他、賛同者は二千名を超えた。九千人の森町民からは一言の反対意見もなく、この一大事業を一枚岩になって進めていった。

まず、北九州の到津遊園地から童話碑の見守り役として寄贈された桃太郎像が玖珠町に運ばれて来た。戦時中の金属類回収令によって、一号と二号は消えてしまったが、三号の桃太郎像は阿南哲朗の懸命な努力によって唯一生き残ったのであった。

昭和二十四（一九四九）年七月二十八日の朝、森小学校、南部小学校及び鷹巣、若竹両保育園の子どもたち千名が、荷車を引いて豊後森駅まで出迎え、桃太郎像を積んだ荷車に270ｍの綱をつけて、日の丸の旗や幟を打ち振り、「桃太郎さん」の歌を歌いながら町や田の中を行進して2.5㎞先の旧久留島氏庭園に着き、童話碑建設予定地の隣に仮台を作ってすえつけた。桃太郎像が見守る中、童話碑の建設工事が進んだ。

旧久留島氏庭園近くには、若竹保育園（現・久留島武彦記念館）があった。そこの園児たちの遊んだ踏み石こそ、童話碑に最もふさわしいという武彦の意向によって、公園内の池のほとりに横たわる巨大な踏み石が碑の原石に選ばれた。

建設募金運動も広がった。奈良少年刑務所の千二百名の収容者から、作業賞与金を割いた献金が感謝文とともに贈られた。全国の小学校からは、一円の献金とともに学校名や自分の名前などを筆書きした小石が四万個も贈られて来た。その四万個の小石は、童話碑の下、深さ三メートルの地下壕に埋められ、全国から寄せられた子どもたちの夢とともに、童話碑の礎となっている。

昭和二十五（一九五〇）年五月五日、午前十時から除幕式が行われた。

「この碑は、玖珠町に生まれた私が、子どもたちに童話を語り始めた記念の一里塚《いちりづか》です。この地を起点にして、童話を書いたり話したりする人が、日本じゅうにたくさん出てきてほしいです」という武彦の言葉が響いた式典の後、第一回の日本童話祭が開催された。以降、毎年「こどもの日」には日本童話祭が開催され、今に至っている。五月五日という日付には、武彦のこだわりがあった。この日は端午の節句でもあるが、二年前（昭和二十三年）、「こどもの日」に制定されていた。早蕨幼稚園開園日も、明治四十三（一九一〇）年の五月五日だったが、武彦はかつてからこの日を「こどもの日」にしようと提唱していた。

再び奈良に帰った武彦は、伝香寺を足場に口演活動を続けたが、昭和二十八（一九五三）年の夏、足首を捻挫したため、娘夫婦の強いすすめで東京に戻ることになった。武彦が去った伝香寺には、「いさがわ幼稚園」という花が咲いていた。

一旦東京に戻ったこの年、京都嵐山の法輪寺境内には、全国童話人協会によって、武彦の生誕八十年を祝う童話碑が建立された。今現在全国には、武彦を顕彰する四基の童話碑があるが、武彦の直筆によるものは、これのみである。武彦を初代会長に、昭和二十七（一九五二）年結成された全国童話人協会は、今もなお、毎年定期的に口演童話活動を行って、武彦の精神を次世代へつなげている。

八十歳を過ぎても、武彦は口演行脚を継続した。武彦の胸の中に湧いている、その光り輝くものは、衰えることを知らなかった。

晩年の手帳を読むと、休んだ日を探すのが難しいほど、口演日程でぎっしり埋まっている。話し言葉による童話を確立し、日本児童文化の向上に貢献したことが認められ、昭和三十三

（一九五八）年、紫綬褒章も授章された。時計の振り子のように、東から西へ、北から南へと、休むことを知らず口演行脚を続けた。子どもがいるところであれば、山を越え、川を渡って、どこへでも行った。歩けない時はおんぶされてでも行った。その足取りは、昭和三十五（一九六〇）年まで続いた。

四月二十九日、横浜市老松《おいまつ》小学校で設けられた女性教員大会で、武彦は「狼に育てられた二人の少女」について話した。人は教育によって、はじめて人間になるということを、力強く訴えた。それが、武彦の最後の講演となった。ここ横浜の地で、初めて口演童話会を開いてからすでに五十七年が経っていた。

五月末、神奈川県逗子《ずし》市角田病院に入院した武彦は、内臓ガンの末期ということが判明され、昭和三十五（一九六〇）年六月二十七日午後九時三十六分、八十六歳で、この世を去った。武彦の歩みは、日本各地、訪れていないところは殆どなく、国外においてもアフリカ内地、南アメリカ、オーストラリアを除くほぼ全世界におよび、この日ようやく止まった。

成すべきことはすべて成し尽して、何一つ思い残すことがないように、武彦は静かにあの世へと遷《うつ》られた。

千人の子どもによって運ばれている桃太郎像　昭和24年7月28日

第1回の日本童話祭　昭和25年5月5日

晩年の口演様子

身動かざれば心働かず
久留島武彦書

久留島武彦　年譜

1874　明治7（0歳）6月19日、大分県玖珠郡森町（現・玖珠町）で久留島通寛（十代森藩主通明の弟）と恵喜（豊前国中津藩の中金奥平家出身）の間に長男として誕生。

1877　明治10（3歳）5月23日、妹・テル誕生。

1881　明治14（7歳）森小学校に入学。

1883　明治16（9歳）大火で森小学校が全焼。中津の母の実家に移り、殿町小学校（現・中津市立南部小学校）に転校。

1887　明治20（13歳）大分中学校（現・大分県立大分上野丘高等学校）に入学。

1888　明治21（14歳）アメリカから来たウェンライトが英語の教師として大分中学校に着任。英語の勉強と信仰生活で指導を受ける。

1889　明治22（15歳）卒業式で在学生代表として送別演説を行う。

1890　明治23（16歳）ウェンライトについて、神戸の関西学院普通学部に移る。

1891　明治24（17歳）3月25日、父・通寛死去。宗家の指示で攻玉社海軍予備学校に入学。

1892　明治25（18歳）再び関西学院に戻る。

1893　明治26（19歳）神戸美以教会日曜学校の校長に任命され、母と妹を神戸に呼び寄せる。

1894　明治27（20歳）日清戦争勃発。近衛師団歩兵第一連隊に入隊。

1895　明治28（21歳）遼東半島に上陸。軍隊生活について書いたものを「尾上新兵衛」という筆名で博文館に投稿し、『少年世界』に十カ月にわたって連載される。北白川宮師団長専属の通訳となり、下士に昇進。11月、東京に帰還。

1896　明治29（22歳）同期の木戸忠太郎（木戸孝允の次男）の紹介で尾崎紅葉に会い、紅葉から巖谷小波を紹介される。

1897　明治30（23歳）巖谷小波の家に寄宿し、小波を囲む文学研究会である木曜会を立ち上げる。「蜘蛛の子」や「鈴虫」等の童話を執筆する一方、『陸軍軍人生活』（博文館）を出版。浜田ミネと結婚。3年間の兵役義務を終え、除隊。

1898　明治31（24歳）神戸新聞社に就職して神戸に移る。

1899　明治32（25歳）軍事彙報社に転職し、東京に戻る。『日用百科全書第四十編国民必携陸軍一斑』（博文館）出版。

1900　明治33（26歳）横浜のセール商社に転職後、間もなく日本郵船会社の上海支店長秘書となって上海に単身赴任。『戦塵』（文武堂）出版。

1901　明治34（27歳）北京の義和団事件で会社が閉鎖してしま

う。大東汽船会社の白岩龍平社長の援助でミネ夫人を呼び、蘇州、杭州などを回って、京都に帰る。大阪毎日新聞社に入社。10月20日、母・恵喜死去。

1902 明治35（28歳）3月11日、長女・福子誕生。

1903 明治36（29歳）横浜の海門商会に入社したが、すぐ倒産したため、横浜貿易新報社（現・神奈川新聞社）に入社。7月15日、日本初の口演童話会を開催。巖谷小波、川上音二郎・貞奴とともに、10月3日と4日、日本初のお伽芝居を開催。東京中央新聞社に転職し、「お局生活」を53回にわたって連載。

1904 明治37（30歳）日露戦争に召集され、韓国仁川の経理部に配属された後、京城（現・ソウル）の司令部で勤務。

1905 明治38（31歳）帰還して中央新聞社に復帰。

1906 明治39（32歳）3月、少年少女の社会教育機関としてお伽倶楽部を設立し、定例口演童話会を開催。9月、博文館に入社し、少年世界講話部の主任となる（中央新聞社と兼務）。11月3日、中央新聞日曜付録「ホーム」を創刊。お伽芝居脚本『蛙三の笛』（金尾文淵堂）出版。

1907 明治40（33歳）巖谷小波と全国各地を巡回しながら口演童話活動を展開。幻灯機を用いてお話をする「お伽幻灯隊」として東北地方を巡回。日本初児童劇団・東京お伽劇協会を自ら設立し、定例公演を行う。6月、中央新聞社退社。『お局生活』（文禄堂書店）出版。

1908 明治41（34歳）2月2日、次女・不二子誕生。世界一周観光旅行に通訳として参加。お話一本で子どもたちの前に立つ決心をし、中国から九州地方を巡回しながら口演童話活動を行う。

1909 明治42（35歳）5月、『お伽芝居・新桃太郎（活動写真筋書）』出版。北陸地方を巡回講演。9月1日、小倉歩兵第47連隊第3大隊本部に入営し本部附となる。15日の朝、除隊。口演の対象となる児童の心理を研究するため、郷土玩具を収集。

1910 明治43（36歳）玩具研究会の小児会と、話し方研究会の回字会を設立。5月5日、東京千駄ヶ谷町穏田四番地に早蕨幼稚園を開園し、桃太郎主義教育を掲げる。

1911 明治44（37歳）お伽倶楽部の機関誌『お伽倶楽部』を創刊し、日本にボーイスカウトを紹介。私費を投じてアメリカ視察旅行。日本に初めてモンテッソーリ教具一式を持ち帰る。

1912 明治45・大正元（38歳）137日ぶりに帰国し、口演活動再開。私塾・イートン英語学校を設立。

1913 大正2（39歳）初の童話集『久留島お伽講壇』（冨山房）を出版。

1914 大正3（40歳）木戸忠太郎（満鉄地質研究所所長）に招かれ、満州口演旅行。

1915 大正4（41歳）台湾、朝鮮口演旅行。10月、東京代々木に早蕨第二幼稚園を開園。

1916　大正5(42歳)南洋視察団に参加。『通俗雄弁術』(廣文堂)出版。

1917　大正6(43歳)東京青山御所で東宮(昭和天皇)、高松宮、秩父宮に御前童話口演。童話集『お伽小槌』(冨山房)出版。

1918　大正7(44歳)朝鮮口演旅行。長女福子が中野秀三郎と結婚。

1919　大正8(45歳)初孫の通子誕生。広島巡回講演。

1920　大正9(46歳)ヨーロッパ視察旅行。下位春吉に案内されイタリアの英雄・ダンヌンツィオに会い軍功徽章を受章。ドイツなどを視察し、日本の子どもに戦争の悲惨さや平和の尊さについて語り伝える決心をする。

1921　大正10(47歳)満鮮巡回講演旅行。

1922　大正11(48歳)朝日新聞社から功労感謝状を授与される。日本童話協会と長崎お伽倶楽部の顧問となる。

1923　大正12(49歳)2月、巖谷小波、高島平三郎、野口雨情らと共に児童音楽研究会を設立。朝鮮口演旅行。イタリアの童話集『長靴の国』(丁未出版社)出版。熱海小学校で口演中、関東大震災。震災後、文部省派遣で各地を巡回し、震災講演実施。

1924　大正13(50歳)デンマークで開催された第2回世界ボーイスカウト大会に日本派遣団の副団長として参加。オーデンセを訪れ、アンデルセンの復権を訴え、反響を呼ぶ。

1925　大正14(51歳)日本童話連盟の顧問となる。7月12日、ラジオ本放送を開始した東京放送局に出演し、「貰った寿命」を口演。10月17日、18日、「アンデルセン没後五十年記念お伽祭」を帝国劇場で開催。

1926　大正15・昭和元(52歳)デンマーク国王クリスチャン十世からダンネブロウ四等勲章を授与される。朝鮮口演旅行。大分県飯田高原で少年団日本連盟の合同野営大会を開催。次女・不二子死去。

1927　昭和2(53歳)満鮮口演旅行。

1928　昭和3(54歳)安倍季雄と満鮮口演旅行。台湾口演旅行。『童話術講話』(日本童話協会)出版。

1929　昭和4(55歳)大日本雄弁会講談社20周年記念事業として九州全県を巡回講演。朝鮮口演旅行。6月16日、帝国劇場で童話活動二十五周年記念祝賀会。6月21日、長男・鈴木典彦誕生。

1930　昭和5(56歳)胆石で東京大学病院に入院。奈良で第一回阿礼祭を開催。

1931　昭和6(57歳)文部省の依頼で全国巡回講演。

1932　昭和7(58歳)大日本雄弁会講談社の依頼で巡回講演。呉会館で連続26日間毎夕7時に口演童話(4万名)。

1933　昭和8(59歳)大阪毎日新聞社の嘱託で『少国民新聞』の顧問となる。9月5日、巖谷小波死去。小波の追悼童話祭を開催。

1934 昭和9（60歳）『久留島名話集』（東洋図書）出版。放送童話研究会を発足し、世界の名作を放送。巖谷小波の一周忌を記念して、小波祭を開催。

1935 昭和10（61歳）早蕨幼稚園創立25年祝賀会。台湾始政40周年記念台湾博覧会を見学するため、台湾行。アンデルセン童話百年祭を開催。昭和天皇の第一皇女・照宮成子内親王の十歳誕生日祝賀御前童話として「友垣」を口演。

1936 昭和11（62歳）東京、大阪両朝日新聞に8回にわたって「友垣」が連載される。『童話友垣』（朝日出版社）出版。童話30年記念童話集『いぬはりこ』（教育社）出版。桃太郎主義教育理念を記念し、神戸に第一の桃太郎銅像（渡辺長男作）を建立。

1937 昭和12（63歳）奈良に第二の桃太郎銅像（渡辺長男作）を建立。小倉市（現・北九州市小倉区）到津遊園地に林間学園が開園され、初代園長となる。『イタリー愛国物語』（新潮社）出版。

1938 昭和13（64歳）到津遊園地内に第三の桃太郎銅像（渡辺長男作）を建立し、桃太郎祭を開催。10月28日、ウェンライト送別会。

1939 昭和14（65歳）生田葵によって『お話の久留島先生』（相模書房）が出版される。

1940 昭和15（66歳）照宮成子内親王に二回目の御前童話。関西学院創立50年祝賀会で記念講演。愛媛県巡回講演。

1941 昭和16（67歳）日本国民童話協会を結成し、会長となる。

1942 昭和17（68歳）皇太子殿下（今上天皇）に御前童話。『少国民新聞』の編集長、高原慶三等と奈良の称名寺を訪れ、わび茶の開祖・村田珠光の献茶式を行う。

1943 昭和18（69歳）5月、『肇国物語・神武天皇の御東征』（日向書房）を出版。11月に『大楠公と恩師瀧覚坊』（日向書房）を出版。7月2日、ミネ夫人死去。

1944 昭和19（70歳）帆足中尉顕彰会理事となり、『海の学鷲帆足予備中尉』（日向書房）を出版。疎開令によって早蕨幼稚園閉鎖。奈良に一時疎開。第一回少国民文化功労賞を小川未明とともに受賞。

1945 昭和20（71歳）東京大空襲で早蕨幼稚園と自宅が全焼。福島県伊達郡霊山寺村の疎開地で終戦を迎える。奈良椿井町の寧楽女塾の一室を借りて、当塾の顧問として英語、お茶などを指導。その後、寧楽女塾と一緒に称名寺に移り住む。奈良滞在中、毎月奈良少年刑務所で口演童話活動。

1946 昭和21（72歳）玖珠町に鷹巣実践女学校設立。（8年後、校名を梅香女子専門学校に変え、武彦を校長に迎える）大阪巡回講演。

1947 昭和22（73歳）富山、北九州、奈良巡回講演。児童劇脚本「笑ふ久太郎」発表。

1948 昭和23（74歳）九州巡回講演。東大寺長老・清水公照師らと共に伝香寺を訪れ、境内に一戸を新築したい旨を申し入れる。

1949 昭和24（75歳）寧楽女塾と一緒に伝香寺に移る。離れる際、称名寺に感謝の気持ちを込めて、珠光像（吉川政治作）を寄進。阿南哲朗の発案で、童話50年記念童話碑建立準備委員会が発足される。

1950 昭和25（76歳）玖珠町旧久留島氏庭園内に童話碑が建立され、5月5日、第1回日本童話祭が開催される。50年記念童話集として『熊のしりもち』（推古書院）と『海に光る壷』（推古書院）が出版される。

1951 昭和26（77歳）青森、岡山、奈良巡回講演。

1952 昭和27（78歳）全国童話人協会を結成し、初代会長となる。山陽新聞社後援で岡山県下巡回講演。

1953 昭和28（79歳）伝香寺内にいさがわ幼稚園開園。6月25日、戦後休会していた回字会を東京青山の秀三郎宅で再開。名古屋巡回講演。

1954 昭和29（80歳）京都の法輪寺に80歳記念の童話碑が建立される。九州、東京、愛媛県巡回講演。

1955 昭和30（81歳）全日本移動教室連盟（現・日本青少年文化センター）の初代会長となる。東京日比谷公会堂でアンデルセン誕生百五十年祭を開催。『童話人』（中部童話人協会）第3年第7月号を通して、7月15日を「童話日」に制定することを提唱。（日本初の口演童話会を横浜で開催した日が明治36年7月15日だったことに由来する）

1956 昭和31（82歳）大分、京都、北海道の巡回講演。

1957 昭和32（83歳）青森市巡回講演。

1958 昭和33（84歳）兵庫、北九州巡回講演。紫綬褒章を授章。早蕨幼稚園卒園児の女優・細川ちか子と対談。

1959 昭和34（85歳）童話祭10周年及び童話60周年記念童話祭が玖珠町で開催。愛知県巡回講演。

1960 昭和35（86歳）4月29日、横浜市老松小学校で催された女性教員大会で、最後の講演。6月27日（月）午後9時36分、神奈川県逗子市角田病院にて内臓ガンで死去。戒名、禅機院殿誠心話徳童訓大居士。分骨され、横浜の総持寺と大分県玖珠町の安楽寺にお墓があったが、平成28年、総持寺のお墓は抜魂祭の後、解体され、安楽寺に納骨される。

主要参考文献

『関西学院青年会記録』関西学院青年会（１８９４）
『世界一周画報』石川周行　博文館（１９０８）
『お伽噺の仕方の理論と実際』岸邊福雄　秀英舎工場（１９０９）
『小波身上噺』巖谷小波　芙蓉閣（１９１３）
『大将夫人　乃木静子』宿利重一　東華堂（１９１３）
『軍国お伽噺』小柴博　中西屋書店（１９１４）
『桃太郎主義の教育』巖谷小波　東亜堂書房（１９１５）
『護謨と椰子』野村徳七　大阪國文社（１９１６）
『お噺の仕方』下位春吉　同文館（１９１７）
『お伽の旅　哈爾賓まで』大井冷光　玄文社（１９１９）
『我が五十年』巖谷小波　東亜堂（１９２０）
『薄氷を踏みて』沖野岩三郎　大阪屋號書店（１９２３）
『童話及び児童の研究』松村武雄　培風館（１９２４）
『小波先生』木村定次郎（１９３０）
『話道の足跡』小池長　中央講演協会（１９３０）
『童話の聞かせ方』巖谷小波　賢文館（１９３１）
『下位春吉氏熱血熱涙の大演説』大日本雄弁会講談社（１９３３）
『いぬはりこ』安倍季雄／樫葉勇　家の教育社（１９３６）
『楚人冠全集』日本評論社（１９３７）
『大英遊記半球周遊』杉村廣太郎　日本評論社（１９３７）
『博文館50年史』坪谷善四郎　博文館（１９３７）
『お話の久留島先生』生田葵　相模書房（１９３９）
『ウェンライト博士伝』村上謙介　教文館（１９４０）
『桐の花　創立二十五周年記念号』大塚講話会創立二十五周年記念事業実行委員会（１９４０）
『還暦』村上巧児　高崎印刷所（１９４３）
『野村得庵』本傳上・下　村上順二（１９５１）
『関西学院七十年史』関西学院七十年史編集委員会（１９５９）
『久留島武彦　偲ぶ草』久留島秀三郎（１９６０）
『日本の幼稚園—幼児教育の歴史』上笙一郎／山崎朋子　理論社（１９６５）
『村上巧児翁伝』西日本鉄道株式会社、井筒屋　村上巧児翁伝刊行会（１９６５）
『柳田國男集』第21巻　筑摩書房（１９７０）
『日本ボーイスカウト運動史』スカウト運動史編纂特別委員会（１９７３）
『日本口演童話史』内山憲尚　博文社（１９７３）
『高階瓏仙禅師伝』原田亮裕　開明堂（１９７４）
『波の跫音』巖谷大四　新潮社（１９７４）
『奈良県童話連盟五十年史』奈良県童話連盟（１９７５）

『日本児童演劇史』冨田博之　東京書籍（1976）
『メルヘンの語部　久留島武彦の世界』草地勉（1978）
『久留島武彦先生の思い出』久留島会（1981）
『画家の肖像　高畠華宵の伝記と作品』高畠華晃　沖積舎（1982）
『童話の先覚者　日本のアンデルセン　久留島武彦・年譜』勢家肇（1986）
『阿南哲朗遺稿集　わらべごころ』古村覚　あらき書店（1992）
『久留島藩士先祖書』栗田治美　文献出版（1992）
『北九州における久留島武彦先生を想う』古村覺　あきら書店（1993）
『ボーイスカウト　二〇世紀青少年運動の原型』田中治彦　中央公論社（1995）
『日本の近代化とお雇い外国人』村松貞次郎　日立印刷（1995）
『少年団の歴史戦前のボーイスカウト・学校少年団』上平泰博／田中治彦／中島純　萌文社（1996）
『天の一方より―大井冷光作品集』大村歌子　桂書房（1997）
『少年団運動の成立と展開　英国ボーイスカウトから学校少年団まで』田中治彦　九州大学出版会（1999）
『植民地台湾の児童文化』游珮芸　明石書店（1999）
『童話の父　久留島武彦翁の生涯』轟義禮　藍書房（1999）
『大分県先哲叢書　久留島武彦　資料集』（1～4）大分県先哲資料館　大分教育委員会（2001～2003）
『玖珠町史』上・中・下　玖珠町史編纂委員会（2001）
『植民地朝鮮の日本人』高崎宗司　岩波新書（2002）
『大分県先哲叢書　久留島武彦』後藤惣一　大分県教育委員会（2005）
『ある明治女性の世界一周日記』野村みち　神奈川新聞社（2009）
『日本初の海外観光旅行96日間世界一周』小林健　春風社（2009）
『越境する文学―朝鮮児童文学の生成と日本児童文学者による口演童話活動―（比較社会文化叢書16）』金成妍　花書院（2010）
『近代日本キリスト教主義幼稚園の保育と園舎』永井理恵子　学文社（2011）
『全国童話人協会六十年誌』全国童話人協会（2012）

雑誌

『少年世界』博文館（1895～1910）
『東洋戦争実記』博文館（1900）
『少女世界』博文館（1908～1910）
『冒険世界』博文館（1908～1912）
『婦人画報』婦人画報社（1910～1923）
『雄弁』大日本雄弁会　大日本図書（1910～1929）
『お伽倶楽部』お伽倶楽部出版部（1911）
『少年倶楽部』大日本雄弁会　講談社（1915～1936）
『少女倶楽部』大日本雄弁会　講談社（1924～1930）
『響』回字会（1938）
『口演童話』全国童話人協会（1954～1957）

『童話教育』第12巻第9号　日本童話教育会（1960）
『青少年文化』日本青少年文化センター（1972）

論　文

「久留島武彦と台湾」游珮芸　児童文学研究29　日本児童文学学会（1996）
「中央新聞社時代の久留島武彦」大津祐司　史料館研究紀要第四号（1999）
「久留島武彦と奈良に関する史的考察―寧楽女塾といさがわ幼稚園を中心に―」渡辺良枝／松川利広　奈良教育大学紀要第56巻（2007）
「久留島武彦の朝鮮口演」金成妍　九大日文10　九州大学日本語文学会（2007）
「新聞記者時代の久留島武彦と子ども向けジャーナル―中央新聞『ホーム』のデジタル化保存と分析を中心に―」大島十二愛　共立女子大学文芸学部紀要57（2011）
「巖谷小波と久留島武彦―久留島武彦を通して見る日本の口演童話史（1）―」金成妍　叙説Ⅲ―10　花書院（2013）
「野村徳七と久留島武彦―久留島武彦を通して見る日本の口演童話史（2）―」金成妍　叙説Ⅲ―11　花書院（2014）
「ボーイスカウトと久留島武彦―久留島武彦を通して見る日本の口演童話史（3）―」金成妍　叙説Ⅲ―12　花書院（2015）

著者略歴

金成妍（キム・ソンヨン）
1978　韓国釜山生まれ
2008　九州大学大学院（比較社会文化学府日本社会文化専攻）博士後期課程修了、博士学位取得（文学博士）
2008　第48回久留島武彦文化賞個人賞　受賞（外国人初、最年少受賞）
2010　第34回日本児童文学学会奨励賞　受賞
2016　韓国で出版した『風光る―巖谷小波俳句・俳画選集』で第39回巖谷小波文芸賞特別賞　受賞（最年少受賞）
現在　久留島武彦記念館　館長

著書

『韓国語との出逢い』（花書院、２００６）

『比較社会文化叢書16 越境する文学』（花書院、２０１０）

『スマート韓国語（初級）』（白帝社、２０１３）

『スマート韓国語（初級）』改正版（白帝社、２０１４）

『風光る　巖谷小波　俳句・俳画選集』（オンニフォユ、２０１６）

論文

「ボーイスカウトと久留島武彦 ―久留島武彦を通して見る日本の口演童話史（3）―」『敍説Ⅲ―12』花書院、２０１５年2月

「韓国語中級授業におけるＴＡの活用について」『Polyglossia 27巻』立命館アジア太平洋大学（ＡＰＵ）、２０１５年3月

「久留島武彦の残した絵」『玖珠郡史談』玖珠郡史談会、２０１５年3月

「日本口演童話活動の成立と伝播過程研究」『日本近代学研究48号』韓国日本近代学会、２０１５年5月

「『少年世界』によって創られた朝鮮像」『日本近代学研究50号』韓国日本近代学会、２０１５年11月

「巖谷小波の俳句と朝鮮」『日本近代学研究52号』韓国日本近代学会、２０１６年5月

「巖谷小波の俳画―口演童話活動様相を通して見た俳画の役割について―」『日本近代学研究54号』韓国日本近代学会、２０１６年11月

著者近影
第39回巖谷小波文芸賞授賞式
2016.11.29 東京山の上ホテルにて

謝辞

僑軍孤進の私に一人二人と理解者が現れ、七年という歳月が過ぎた今春、ようやく久留島武彦記念館が開館いたします。

記念館の開館に当たり、久留島武彦を広く知ってもらうためには、手軽く読める一冊の本が必要だと思いました。

自宅の本棚から出版社の名前を拾い、片っ端から問い合わせてみましたが、私に出版という門は、高く強固で、話さえ聞いて貰えず門前払いの連続でした。

そういう中で求龍堂が耳を傾けてくれました。編集者の佐藤佳子さんには、旧知の友人のように話を聞いていただきました。

また永瀬微霜氏ほか、出版に向けてご協力いただきました多くの方に心より感謝申し上げます。

二〇一七年一月吉日

金《キム》　成姸《ソンヨン》

久《く》留《る》島《しま》武《たけ》彦《ひこ》評《ひょう》伝《でん》
―日本のアンデルセンと呼ばれた男―

発行日　二〇一七年二月二十日　初版
　　　　二〇一九年十月二十日　第二版
著者　金《キム》成姸《ソンヨン》
発行者　足立欣也
発行所　株式会社求龍堂
〒一〇二―〇〇九四
東京都千代田区紀尾井町三―二十三　文藝春秋新館一階
電話　〇三―三二三九―三三八一
FAX　〇三―三二三九―三三七六
装幀　神田宇樹
印刷・製本　図書印刷株式会社
協力　玖珠町、玖珠町教育委員会
玖珠町久留島武彦研究所
〒八七九―四四〇五　大分県玖珠郡玖珠町岩室二十四―一

ISBN978-4-7630-1701-7 C0095